행복, 이거 너 다 가져

까꿍이가 전하는 행복 박스

행복 이거 너 다 가져

초판 1쇄 인쇄 | 2023년 9월 15일
초판 1쇄 발행 | 2023년 9월 20일

지은이 | 나인
펴낸곳 | 자유로운상상
펴낸이 | 하광석
디자인 | 김현수(이로)

등　록 | 2002년 9월 11일(제 13-786호)
주　소 | 경기도 하남시 미사강변중앙로 204번길 11 1103호
전　화 | 02 392 1950 팩스 | 02 363 1950
이메일 | hks33@hanmail.net

ISBN 979-11-983735-1-9 (03810)

행복, 이거 너 다 가져

까꿍이가 전하는 행복박스

글 · 그림 나인

자유로운 상상

Prologue

나는,

'모든 사람은 행복 박스를 하나씩 품고 이 세상에 나온다'

고 믿고 있다.

내가 까꿍이를 만든 것은, 까꿍이를 빌어 행복해지고 싶어서였다.

이 말은, 나는 행복하지 않다. 는 말의 역설이기도 하고, 나에게 주어진 행복을 꼭 찾아 다시 행복해지고 싶다는 의지이기도 하다.

나는 감정을 사랑하면서 동시에 미워한다.

감정은 나에게 창의력을 준 동시에 사회적 약체로 만들

었고, 행복과 불행을 나누고 느끼게 해준 결정체이기 때문이다. 삼 남매 중, 둘째로 태어나 이리저리 채이고 밀리는 동안 나는 불편한 감정과 일찍 마주했고, 학창 시절에는 관계의 어려움에 갇혀 캔버스와 절친이 되는 동안 또래 집단 속에서 소용돌이치는 감정과 애증을 쌓아야만 한 나였다. 그러면서도 아이러니하게도 그동안 사투를 벌인 감정을 뿌리 삼아 다양한 감정체들을 탄생시키는 희곡을 쓰고 연극연출을 하고, 외로움을 힘 삼아 그림을 그리고 있으니 나에게 감정은 어두운 동굴이자 빛이 된 셈이었다.

연극 연출을 하던 내가 치유에 관심을 두게 된 것은, 아주 우연한 계기였다. 연습실로 놀러 온 결혼한 지 얼마 안 된 후배가 벽에 걸려 있던 그림을 선물로 달라고 해서 큰맘 먹고 선물했다. 그런데 바로 그날, 그림을 돌려주겠단 전화가 왔다. 그림이 어두워 신혼집에는 어울리지 않으니 돌려주라는 남편의 첨언과 함께, 이후로 날을 두고두고 그림에 생각에 맺힌 나는 돌려받은 그림은 물론 그동안의 나의 모든 작품 속에서 나를 찾아보기로 했다.

'나의 은유의 시그널은 무엇일까?'
드러내고 싶은 감정의 욕구를 글로, 그림으로, 무대로 마음껏 표현할 기회를 허락받았다고 생각했기에 이전의 삶과 달리 감정이 주는 괴로움에 시달리지 않았을 거로 생각했다. 하지만 치유의 과정에서 드러난 나는 많은 것을 누르고, 삼키고, 아파하고 있었고, 그 끝에는 감정을 다루는 방법에 무지하여, 행복을 얻는 지혜가 없다는 것을 알게 되었다.

내게 있어 감정은 행복의 지도를 그려 나가는 종이고, 연필이고, 물감이며, 곧 나의 자화상이다. 까짓 감정쯤이야 후후 불어 날려버리거나 발아래 덮어버리고 살면 그만이지 싶겠지만, 감정은 그때는 아무렇지 않게 덮이고 밟혀주는 듯 보여도, 생각지도 못한 곳에 달라붙어 화석처럼 굳어 있다가 어느 날 예고도, 실체도 없이 불쑥 나타나 나와 내 주변을 괴롭히는 것이 감정이 가진 진짜 얼굴이었다.

그러나 행복해지고 싶은 나는 믿는다.
감정은 근본적으로 따스한 봄볕과 같아서 행복 박스를

품에 안고 이 세상에 나온 우리에게 다시금 온기로 다가올 거라는 것을. 그리고 어딘가에 숨겨져 있던 마음을 찾아 마주 보고, 매만져주고, 웃어주면 행복은 또다시 내게 찾아와 줄 거라는 것을.

Chapter

1 나에게 온 선물, 행복 박스 5

2 괜찮아, 행복 박스가 있잖아 24

3 나를 사랑할수록 커지는 행복 박스 104

4 잃어버린 행복 박스를 찾아서 176

5 행복을 위해 비우고 채워야 할 10가지 225

우리는 모두 태어날 때

'행복박스'를 선물 받는대.

그런데 그건 말야,

있나고 생각하면 뿅하고 나타나고

없다고 생각하면 스륵 사라진대.

그러니까 잊지 마,

'행복 박스'는 내 안에 있다는 것을.

⋮

행복을 바라는 모든

'까꿍이들'과 함께하고 싶습니다.

Chapter 01

나에게 온 선물,
행복 박스

나에게 온 선물, 행복 박스

행복은,

갖는 게 아니라 느낄 때,

열심히가 아니라 즐길 때,

얻는 게 아니라 가진 것을 알 때,

지고 있을 때가 아니라 내려놓을 때,

떼를 쓰는 게 아니라 환하게 웃을 때,

내 안에 없는 파랑새를 쫓아 떠나는 게 아니라

내 안에 있는 마음의 언어와 표정을 알아줄 때

그때 행복이 무엇인지 알게 될 겁니다.

그런데도 행복을 대하는 우리는,

국어의 문법처럼, 수학의 공식처럼, 영어 단어를 암기하

듯이
어려운 교과 과목처럼 생각하고 사력을 다해 전력 질주합니다.

꿈을 꾸는 것만으로도 우리는 행복 할 수 있고,
손에 닿지 않아도 기분 좋은 상상만으로도 행복할 수 있는데, 말이죠.
행복을 두고 너무 복잡하고 거창하게 생각하지 않아도 됩니다.
행복은 특별하거나 대단한 곳에 답이 있는 게 아니라,
운동화에, 라면 한 그릇에서도 찾을 수 있습니다.

행복은,
풀려있는 운동화 끈을 매끈하게 매고, 신고 걸으며 산책길에 나서는 것과 같고,
물을 끓이고 봉지에서 꺼낸 스프와 함께 삶은 면을
그릇에 담고 젓가락질을 해야, 먹을 수 있는 라면 한 그릇과 같은 겁니다.
또한, 행복은

기분 좋은 산책길과 맛있는 한 끼에서도 찾을 수 있지만
운동화 끈을 매는 순간에도 라면을 끓이는 순간에도 느낄 수 있습니다.
끈이 풀린 운동화도 메는 작은 과정을 수고라 생각하면
산책과 연결되지 않고,
끓이고 담는 당연한 과정 없이는 라면 한 가닥도 먹을 수 없듯이,
이루고 싶은 결과만이 행복이 아니라,
행복한 결과로 가는 과정도 행복인 겁니다.

산책길에서도 한 끼에서도,
유명 브랜드의 새 운동화가 아니더라도
고급 요리점 음식이 아니더라도
내가 하고 싶고 할 수 있는 일상에서 가능한 것들에서 쉽게 찾을 수 있습니다.

신발이 없는 사람은 낡은 운동화 한 켤레도 간절하고
배가 너무 고플 때는 라면 한 그릇이 주는 위안이 크잖아요.
생각을 조금만 바꿔도,

시선을 조금만 비틀어도
산책길에 나설 생각에 운동화 끈을 매는 동안 콧노래를 흥얼 거리고
맛있는 라면을 먹을 생각에 어깨춤을 절로 추게 될 겁니다.

왜냐하면, 행복은 과정이고 시선이고, 삶을 사랑하는 태도이기 때문입니다.

내가 행복하지 않다고 느끼면
행복의 문을 활짝 열렸대도 그 문으로 들어갈 수 없고
내가 행복이 무엇인지 모르면
행복을 곁에 두고도 우리는 파랑새를 쫓아 끝없는 걸음을 해야 합니다.

문득 행복을 잃었다고 생각할 때, 어릴 적 나를 떠올려 보세요.

까꿍!
손가락에 가린 엄마가 내 앞에 나타나는 것만으로 까르

르 웃고,

세상을 향해 손과 무릎으로 힘차게 달렸던 어린 시절을요.

그럼,

내가 세상을 향해 얼마나 웃었는지
나에게 웃음을 줬던 세상이 얼마나 컸는지 다시 보일 거예요.

나에게 온 선물, 행복 박스

나는,

아주 다양한 표정을 짓는 아이였어

어느 때는 목젖을 드러내며 깔깔 웃었다가,

어느 때는 눈보다 더 큰 눈물방울을 쏟았다가,

어느 때는 세상 다 잃은 심각한 표정을 지었다가

들어오는 감정을 온몸으로 표현하는 그런 아이인 난,

아마도 남들보다 조금 더 큰 감정 주머니를 안고 태어났던 것 같아.

감정이 풍부한 아이였기 때문에 난 세상이 매번 다르게 보였던 것 같아.

다양한 감정이라는 안경을 통해 본 세상은

날마다 형형색색 다른 빛깔로 보였거든.

나는 이것을 그림으로 마구마구 그려댔고
집 안의 모든 벽은 온통 내 감정 세상을 담는 커다란 도화지가 되어주었어.

엄마, 아빠 눈에는 그저 낙서이고
마구 그린 별 의미 없는 선과 도형들의 엇갈림과 엉킴이었겠지만 내가 그린 그림 안에는 이야기가 있는, 또 다른 세상이고 우주여서
난 이곳에 머무는 걸 참 좋아했어.
나는 그림을 그리면서 세상과 대화를 했었거든.
그 속에는 내가 느끼는 세상이 담겨 있고,
말로 풀어내기 힘든 커다란 감정이 다 담겨 있는 곳이었어.

나는 내 그림을 설명하기 위해 말을 배웠을 테고,
엄마 아빠의 질문에 멋지게 대답하기 위해 논리를 쌓았을 테고,
더 많은 사람에게 내가 그린 그림을 알리기 위해 관계를 맺었을 거야.
나는 이렇게 세상을 향해 조금씩 걸음마를 시작했던 것

같아.

세상을 처음 만나는 나는 모든 게 신기했고, 궁금했어.
줄을 맞춰 빠르게 걷는 개미군단의 도착지는 어디인지,
통통하게 살이 오른 채송화꽃 줄기 속은 무엇으로 채워져 있는지,
토끼가 먹는 클로버 맛은 어떤지,
마주하는 사람의 오른쪽과 왼쪽이 왜 다른 건지,
엄마 아빠를 왜 엄마라고, 아빠라고 부르는지,
이 세상의 예쁘고 고운 말이라는 걸 누가 만들었는지,
혀에서 또르르 구르는 단어를 맛나게 씹고 또 곱씹으면서

이 세상은 궁금한 것으로 가득 차 있어서 나의 하루는 늘 모자랐어.

엉뚱해!
사람들은 나에게 엉뚱하다고 말했지만 난 그저 많은 것들이 궁금할 뿐이야.
이불을 접어서 가위로 자르면 어떤 모양이 나올까?
TV 속 사람들이 상자 안에서 답답해서 어쩌나?

어느 날 울적한 엄마의 마음의 마음. 빨래를 해주면 좋아하시겠지!
보자기를 맸으니 이제 슈퍼맨처럼 날수 있어!

그래서
TV는 칼로 긁고,
이불은 가위로 이런저런 모양으로 자르고,
마음 빨래를 해주려고 엄마의 옷을 락스에 담가 버리고,
어느 날 2층 장독대에 올라 그대로 뛰어내렸어.

난 이 세상이 물음표를 느낌표로 만들고 싶었어!
왜냐하면, 세상은 알수록 재미있었거든!

이미 존재하는 것만으로도 존귀하고

곁에 있다는 것만으로도 위안이 되고

세상에 나타난 것만으로도 기적인 존재,

그게 바로 나였어!

신장: 49cm

몸무게: 3.2kg

그때의 난 작은 거인이었어!

키도 작고 몸무게도 적지만
마음 근육 하나만큼은 세상에서 가장 강했던 나는
세상을 다 품을 수 있었어.

모든 사람은 씨앗 하나씩을 갖고 나오는데
이 씨앗의 이름이 바로, '가능성'이야.
가능성에 물을 주고, 햇빛을 내리고, 거름을 주고,
따스한 눈길로 바라봐 주고, 온화한 마음으로 온기 있는

손길을 뻗어주면
내가 품고 태어난 가능성은 '책의 콩나무'처럼 쑥쑥 자랄 거야.

작고 작은, 약하디 약한. 이렇게 작고 약하기 싹이 없는 우리를 작은 거인이라 불렀던 것은 우린 모두 작은 가슴 안에 품고 태어난 가능성 때문이야.

가능성은,
물들어짐을 두려워하지 않는 데서 출발하니까
그렇게 물들었으면 좋겠어.
내가 나에게, 내가 너에게, 네가 나에게, 우리가 세상에게
층층이, 겹겹이, 곱디곱게 아름답게 물들었으면 좋겠어.

그 어떤 색도 다 받아들이는 하늘처럼
파란 하늘에 구름이 지나가면 하얀색으로
저녁에 해가 그리고 지나가는 붉은 색으로
파랗고 하얗고 붉은색으로 예쁜 색들이 다툼도 없이 어울리고 스며드는

나와 내가, 나와 네가 우리 서로 하늘이 되어주었으면 좋겠어.

나의 마음속 깊은 곳에 잠재 능력이라는 주머니가 있는데
그 안에는 아주 작고 작은 아가 씨앗이 살고 있어.
아가 씨앗은 빛이 닿는 순간, 쑤욱 자라는 신비로운 재주가 있거든.
그러니까 마음속 깊이 들어가서 잠재 아가 씨앗을 꺼내어 빛을 보여줘.
신기하고 재미있는 일들이 일어날 거야.

만일 우리가 가능성의 씨앗이 없다고 생각한다면,
아니 씨앗을 틔우지 못했다고 생각한다면,
그건 씨앗이 없어서가 아니라
성급하고 조급해서 그런 거야.
한 번에 커다란 나무를 보려 하지 말고, 싹부터 틔워봐.
그럼 언젠가 내가 얼마나 큰 나무인지 세상이 알려줄 거야.
내가 무엇을 가진 사람인지 알고 싶다면,
하고 싶은 것을 머리에 떠오르는 순서대로 한번 적어봐.

그리고 이글거리는 열정으로 다가가 한꺼번에 하려 뛰어 들지 말고
하고 싶은 것에 계획을 세우고 거기에 맞는 실행 단계는 무엇인지
목표에 줄기를 하나하나 달아주고, 가끔씩 그림을 감상하듯 멀리서 감상해 봐.
가능성은 멀리서 바라봐 주고 기다려 주어야 잘 자라거든.

나에게 온 선물, 행복 박스

내가 누구인지 알고 싶다면,

내가 생각하는 나의 장점과 단점, 아쉬운 점과 보완점을 그려보면 좋을 것 같아.

가능한 나를 깊숙이 들여다보고 아주 솔직하게.

이게 바로 나를 만나는 첫발이거든.

나를 드러내고 마주 서는 것만으로 나라는 작품을 만나게 될 거야.

나는 이 세상에 존재하는 단 하나의 작품이야.

그 어떤 이름난 화가도 나를 그리지 못하고,

천재 음악가도 내 삶을 연주할 수 없어.

이런 생각을 하루에 한 번씩을 해주었으면 좋겠어.

그리고 하나 더!

처음 본 남에게도 베푸는 칭찬처럼.
나에게도 칭찬으로 하루를 시작하자.
'난 이 세상에 단 하나의 멋진 작품이야.'라고.

많이 칭찬해주자.
태어나 줘서 고맙다고.
잘 커 줘서 대단하다고.
단단하게 살아주니 기특하다고.
꿋꿋하게 사는 모습, 너무 대단하다고.
어제도 괜찮았고, 오늘도 괜찮고, 내일도 괜찮을 나에게,
엄지 번쩍 들어 너무 괜찮은 사람이라고 칭찬해주자.

나를 위한 연예인이 되었으면 좋겠어.
울적할 땐 깔깔 웃게 하는 개그맨이 되었다가
가수가 되어 기분 좋은 노래를 불러주었다가
세상에서 가장 당당하게 걷는 모델이 되었다가
용기가 필요할 땐 나를 지켜주는 액션 영화배우처럼!
멋지지 않아? 나의 연예인도 나! 나의 최고의 팬도 나! 라는 사실이!

우리는 모두 세상이라는

캔버스에 그림을 그리고,

세상이라는 무대 위에서 춤을 추고,

세상을 악기 삼아 노래를 부르는 예술가야.

태어날 때 우리는 모두 예술가로 이 세상에 나온대.
다만 이걸 기억하는 사람과 잊고 사는 사람으로 나뉠 뿐이래.
맞아, 가만히 생각해보면 우린 모두 자신을 표현하는 예술가 같아.
음악가는 악기로, 미술가는 물감으로, 무용가는 아름다운 몸으로 자신을 표현하듯이
우리도 자기만의 언어와 행동, 그리고 자신만의 표현으로
각자의 붓을 들고 일상이라는 무대에서
끊임없이 디자인하고 표현하는 예술가야.
누구나 자신의 색을 가지고 있어.
무지개의 일곱 가지 색깔보다 우리는
더 많은 다양한 색으로 세상을 색칠해 나가는 예술가, 말야.
만일 자신의 붓과 색을 모른다면,

이제부터 찾아가면 돼.

나만의 색은 분명, 있거든.

그것도 내 안에 아주 선명하게 말이야.

나의 색을 찾는 순간, 나만의 세상을 그려 나가는 화가가 될 거야.

나에게 온 선물, 행복 박스

지금 당장 아니어도 괜찮아.
그리다 힘들면 멈춰도 되고,
다시 그리고 싶을 땐 그때 붓을 들어도 좋아.
한 달이 걸리든 일 년이 걸리든 시간은 중요하지 않아.
다만 언제고 캔버스 위에 '나'라는 붓과 색으로
이 세상을 예쁘고 아름답게 색칠하고 꾸며서
삶이라는 멋진 그림을 그려봐.
그럼 내가 얼마나 멋진 삶의 예술가인지 알게 될 테니까.

그거 알아? 넌 늘 눈부시게 빛났어.
그러니 그 빛, 절대 잃지 마.
네가 없는 세상에 '오늘'은 없으니까.

태어나면서 선물 받은 삶이라는 여행 티켓,
동서남북 그 어디로 가도 되고
걷다가 달리다가 쉬었다가 다시 걸어도 된대.
음… 어디로 떠날까?

우린 모두 세상에 태어났을 때 삶이라는 여행 티켓을 선물 받았어.
하지만 티켓은 여정만 줄 뿐 방법까지는 알려주지 않아.
우리가 여행할 때 목적한 여행지에서
놀고 먹고 자는 것을 계획하며 즐거워하듯이
우리의 삶도 재미있게 즐기는 다양한 방법을 계획하고 실천하는 연습이 필요해.
그런데 그 연습은 한두 번으로는 마음에 들지도 완성되지도 않아.
아주 오랫동안 반복적으로 하지 않으면 여행은
놀이터가 아닌 마치 장애물처럼 어렵고 힘들게만 느껴지게 될 거야.

여행은

떠나본 사람만이 다시 떠날 용기를 얻게 되고, 즐겨본 사람만이 더 큰 즐거움을 찾아낼 수 있고,

누려본 사람만이 다시 계획할 힘이 생기는 거야.

삶이 여행이라고 말하는 사람은 아주 많지만

삶을 여행처럼 즐기는 사람이 많이 없는 것은,

여행을 너무 거창하고 번거롭게 생각해서야.

생각을 조금만 바꿔봐.

그럼 우리는 서로에게 여행자이고 여행객이고,

익숙한 나의 공간은 누군가에게는

근사한 여행의 목적지였다는 걸 다시 알게 될 거야.

조금만 눈을 돌려도, 발만 작게 돌려도

우리는 우리의 삶에서 조금은 벗어날 수 있어.

버스를 타느라 지나치던 길도 걷게 되면 산책길이 되고,

답답했던 좁은 골목길도 구불구불 재미있게 보이고

3분 즉석라면 한 사발에도 행복을 느낄 수 있어.

행복은, 채우고 또 채우는 것만이 아니라,

내가 가진 것을 새롭게 보는 데서 출발하는 거야.

여행 가방이 무거우면
자리만 차지하고 무겁게 만드는
불필요한 걸 하나씩 하나씩 버려봐.
그럼 훨씬 가벼운 여행길이 될 거야.

마음이 생각을 앞지르려고 하면 감정적으로 되고,
생각이 마음을 앞지르면 메말랐다고 말을 해.

마음과 생각이 서로 조금씩 양보하고 자리를 내주면
그럼 크고 작은 일에 안달복달할 일도, 깡충깡충 뛸 일도
줄어들겠지만,
생각과 감정은 토끼와 거북이의 경주 같아서
그 어떤 것도 빨리 달려갈 때면 따라가기가 쉽지 않아.

그럴 땐 서둘러 앞만 보고 달려갈 생각하지 말고
멈춰서서 쉬엄쉬엄 숨 고르기를 하는 것도 좋을 것 같아.
마음과 생각은 경주하는 게 아니라 서로를 보완할 때 빛

나니까.

무언가 답답하고 앞이 막막하다는 생각이 들면,
혹시라도 내가 잰 숨을 쉬고 있는 건 아닌지 가만히 나를 봐봐.
생각이 크고 대범해지면 우리는 큰 숨을 쉬고,
시야가 좁고 여유가 없어질 땐 우리의 숨은 작아지니까.
우리의 건강함은 세상을 따스하게 보는 커다란 숨을 연결하는 데 있거든.

나에게 온 선물, 행복 박스

그래도 사노라면 숨이 벅찰 때가 있지. 그땐,
좋은 풍경도 보이지 않고, 좋은 말도 들리지 않고,
좋은 음식도 좋은 사람도, 맛지고 멋지게 누릴 수가 없어.
숨이 가쁘다는 건 우리의 감각이 벅차다는 신호일지 모르니
그럴 땐 가던 길을 멈추고 쉬었다 가도 괜찮은 것 같아.
삶은 누군가와의 이기고 지는 경주도 경쟁도 아닌,
길게 깔린 여행길이니까.

즐겁다면 모든 능력을 다 갖춘 거나 다름없어.
일이 즐거우면 일에 대한 열정이 따라오고
삶이 즐거우면 일일 비타민이 따라오고
그 어떤 것을 마주해도 없던 힘도 생길 거야.
즐거움은 누군가의 가르침으로 얻는 게 아니야.

그건 내가 가진 힘이야.

몇 개 국어를 하는 것보다 더 중요한 언어는
나의 마음과 대화를 할 언어 능력이 있느냐야.
마음과 대화를 하려면,
들어주고 헤아려주는 심리 상담가가 되어야 하고,
해결하고 타협하는 뛰어난 협상가가 돼줘야 하고,
춥고 지칠 때 누울 수 있는 따스한 온돌방이 돼야 하고
마라토너처럼 길고 긴 길을 달려줘야 하는 거라서
다른 나라 말을 배우는 것보다 훨씬 더 어려워.
하루에 단 10분, 내 마음과 짧은 대화를 할 수 있다면,
언젠가는 누구도 부러워할 언어 능력을 갖추게 될 거야.

나를 믿으면 내가 존재하게 되는 것 같아.
웃고 싶은 만큼 웃는다면,
울고 싶은 만큼 마음껏 울 수 있다면,
그 어느 대가도, 지불도 필요 없는 세상이 허락해 준 이용
권을 잘만 쓴다면
난 세상에 겁 없이 뛰어들 수 있어.

지금 눈 앞에 펼쳐진 세상을 집중해서 본다면
얼마나 세상이 예쁜지 알게 될 거야.
너무 많은 걸 생각하지 말고,
너무 많이 알려 하지도, 보려 하지도 말고,
지금, 이 순간만 보고 햇살처럼 웃으면서
내 안의 살아있는 영원한 아이의 눈으로 세상을 보자.
그럼 즐거움이 사라질 틈이 없을걸!

즐겁다면
열심은 나를 위해 심장을 뛰게 하고,
한심은 모자람이 아닌 한가로움이 되니,
나의 이 작은 말장난처럼 가끔은 즐기자.

그게 무엇이든 내가 웃으면 세상이 반겨주고,
열린 세상으로 들어가면 웃을 일이 더 많아지잖아.
그러니까 그게 무엇이든 내가 행복하게 웃었으면 좋겠어.
우린 그러려고 태어난 존재니까.

나에게 온 선물, 행복 박스

내가 즐겁고 행복하면 근심이나 걱정은 달궈진 프라이팬 위 버터처럼 녹아버려.

내가 활짝 웃는 순간, 그 어떤 것도 내 마음을 뚫지 못하고,

내가 행복한 순간, 그 무엇도 다 막아낼 수 있으니까.

이 웃음과 행복은 내 사람에 가장 강력한 창과 방패가 돼줄거야.

좋은 열매는 속이 단단하고 풍성해서

먹는 사람의 입과 몸을 즐겁게 하지만

나쁜 열매는 보기에는 차이 없어 보일지라도

결국, 속 안에 품은 독소로 언젠가는 몸을 망치게 해.

그러니까

내 삶의 좋은 열매를 맺고 싶다면 좋은 생각과 행복한 마음을 나에게 심어줘야 해.
내 열매는 결국 내가 먹고 내 안에서 소화해야 하니까.

달리기만 잘하는 토끼가 아닌,
풍경을 보며 느릿 걷는 거북이로 사는 나를 좋아해.
혹시 쉬는 시간이 와도 풍경을 볼 줄 모르고 잠만 자는 토끼보다는,
천천히 걸어가면서 숨에 쉼표도 주고,
생각도 하고, 즐거운 기억을 떠올리는 거북이 같아서 참 좋아.
빨리 뛰어 결승 테이프를 끊는다고 해도
돌아오는 건 그렇게 많지 않다는 걸 아는 내가 좋아. 너무 좋아.

전혀 급할 게 없어. 급하다고 빨리 뛰어간들 거기가 삶의 끝도 아니잖아.
노래에도 숨을 쉬는 쉼표가 있고, 말에도 숨 자리 있듯이
쉼표를 지켜야 노래에 운율이 살아나고, 말은 힘을 언

게 돼.

쉼표와 숨표를 느끼고 알 때,

우리는 서두름 없이 목적을 향해 잘 가고 있는 거야.

세상은 다가가는 만큼 문을 열어주고,

멈추면 문은 그 자리에 있고,

뒤로 물러나면 굳게 닫히는 거야.

그러니까 문 앞에서 물러나지 마.

세상을 즐기는 방법은, 나를 사랑하는 거야.

부족하고 모자라도, 발아래 치이고 넘어져도

어차피 나와 내가 같이 가는 길고 긴 길,

세상이 나를 안아주지 않아도

내 두 귀로 '들어줄게' 귀 활짝 열어 들어주고,

내 입술로 '괜찮아' 위로해 주고,

내 긴 두 팔로 나를 꼬옥 안아주면 나는 절대 외롭지 않을 거야.

내 몸과 마음과 생각은 남을 향해 존재하는 게 아니라,

나를 위해 존재하는 거니까.

나에게 온 선물, 행복 박스

내가 아닌 이상 나를 완벽히 이해하고 알아주는 사람은 없어.
나를 향해 손가락질하고 나에 대해 뒷말을 하는 것은
내가 무엇을 잘못해서 그런 게 아니라 나를 모르기 때문이야.
나는 시간의 연속선에 있지만, 타인은 나의 '시간의 점'에 머물거든.
나 외의 모든 사람은 나라는 사람의 퍼즐을 맞출 뿐, 나를 완벽히 알 수 없어.
그러니 그 모든 걸 신경 쓰고 아파하고 상처받을 필요가 없어.
혹여 실수한다고 해도 그건 나의 미래의 성장을 위한 쉼표니까 쉼표를 마침표로 생각하지 않았으면 좋겠어.

생각대로 되지 않는다고 나를 괴롭히지 않았으면 좋겠어.
생각대로 되는 사람은 아무도 없고,
생각대로 되지 않는다고 다들 나를 괴롭히지 않으니까.
나에게 난 상처는 내 몸에 남잖아.
그리고 결국, 그 상처가 생각대로 되지 않는 일들을 더 많이 만들게 돼.

아플수록 나를 위로하는 방법을 배웠으면 좋겠어.
나는 나와 잠시 머물다 떠나는 동거인이 아니라,
오랫동안 같이 가야 하는 사이니만큼
몸과 마음이 만나 대화를 자주 하고,
가끔이라도 생각과 감정이 마주하고
친숙하고 친해지는 날들을 쌓았으면 좋겠어.

몸과 마음이 친하지 않은 사람들은
여기에 머물면 저기로 가고 싶다고 말하고,
저기로 데려가면 여기가 더 좋았다고 후회를 해.

바람과 후회를 반복한다는 것 또한 나를 괴롭히는 일이야.
그럴 땐 가만히 나를 들여다보고 행복한 기억을 떠올려봐.
그럼, 몸과 마음이 제일 잘 맞았던 그때가 생각날 거야.

Chapter 02

괜찮아,
행복 박스가 있잖아

세상,

참 불공평하다고 느낄 때가 있습니다.

열심히 해도 안 되는 내 옆에

아무것도 하지 않았는데 열심히 한 나보다 잘하는 사람이 있을 때.

세상 참, 불공평하다고 느껴집니다.

아무런 노력도 하지 않았는데,

그림을 잘 그리고, 노래를 잘 부르고,

춤을 잘 추고, 공부를 잘하는 이들이 있죠.

우리는 이들을 보고 재능이 있다고 말하고

이 재능이 월등히 뛰어나면 천재라고 부릅니다.

행복도,

재능이고, 천재가 따로 있는가 봅니다.

아름다운 것을 보고도 아름다운지 모르는 사람과 달리

재능인은 불행을 행복으로 돌려놓는 반전의 힘을 가지고 있고

천재는 아무것도 모른다는 표정으로 그냥 환하게 웃습니다.

"내가 왜 좋아?"하고 묻는 말에,

'너니까!' 하고 재능인은 상대를 웃게 만들고

천재는 묻자마자 환하게 웃으며 "그냥!"이라고 말합니다.

질문마저 무색해져 얼굴이 붉어지겠지만

둘의 말을 가만히 읊조리다 보면,

재능인에게는 유머가, 천재에게는 시시함이

결국, 유머와 시시함이 그들이 가진 행복의 열쇠였구나,

라는 답이 돌아옵니다.

분명,

우리는 모두 행복 박스를 품고 태어났고,

예술가로 이 세상에 뿌려졌습니다.
그런데 언젠가부터
행복 박스는 고장이 났거나 잃어버렸고,
자신이 예술가였다는 사실마저 잊고 살아갑니다.

하지만 좌절할 필요는 없습니다.
고장 난 건 고치면 되는 것이고
잃어버린 건, 다시 찾으면 되는 것이고,
붓을 드는 순간, 다시 예술가였다는 걸 알게 될 테니까요.

그래도 잘 모르겠거든.
행복해서 웃는 게 아니라 웃어서 행복한 거다, 라는 말처럼
행복을 쫓는 나에게서 벗어나
행복의 재능인과 행복천재를 따라 해봐요.
때로는,
모를 땐 그저 따라가는 것도 방법입니다.

키가 클 때 성장통을 겪듯이

마음이 자랄 때 사춘기가 오듯이

행복에도 성장통도 사춘기도 있어.

모든 건 너무 자연스러운 거야.
씨앗에서 새싹이 나고 줄기가 자라 단단한 열매가 맺으려면
마른 땅과, 시린 바람, 차디찬 물이 영양분이 되듯,
모든 감정 씨앗이 새싹을 틔우고 줄기를 피우려면
두렵고 무섭고 아픈 감정의 과정을 피할 수 없는 거야.

그렇게 잘 이겨내고 맺은 우리의 열매, 궁금하지 않아?

한발도 떼지 못하면 제자리에 있어야 해.
한발을 떼는 순간, 우린 그 자리를 벗어날 수 있어.
그런데 한 발 떼기, 참 어려워.

목도 못 가누던 아가가 배를 뒤집었을 때,
가고 싶은 곳을 향해 손과 발로 전력 질주할 때,
엄마 손 잡고 겨우 일어나 발하나 뗐을 때,
모든 이들의 박수를 받잖아.

몸의 성장만 성장 아니야.
마음도 뒤집고 기고 서고 걸어야 달릴 수 있는 거야.
그러니까 마음이 한발을 뗐을 때 가장 큰 박수를 보내줬으면 좋겠어.

내가 무엇을 하고 무슨 생각을 해도 다른 사람은 관심이 없지만
내가 무엇을 하고 무슨 생각을 하는지 내가 모른다면,
그건 내가 이 세상에 관심이 없다는 걸 거야.
내가 나를 안다는 건, 세상을 살아가는 시작이고,
내가 나를 사랑한다는 건, 내가 세상을 재미있게 살고 있다는 뜻이니까
나를 사랑하는 마음. 제발, 절대 잊지 마.

자유롭게 태어났는데 나는 왜 두 발을 여기에 뿌리내리고 있을까?
어디든 갈 수 있는데 왜 난 울타리 밖을 나가지 못할까?
무엇이든 할 수 있는데, 왜 난 여기서 벗어나지 못할까?

질문이 없는 삶이 막막한 거지,
질문이 있다면 반은 해결된 거야,
이런 생각에서 멈추지 말고,
내가 어디를 가고 싶고, 무엇을 하고 싶은지,
내가 나에게 주고 싶은 자유를 생각해 봐.
그럼 언젠가는 나에게 날개가 달릴 거야.

행복은

있다고 생각하는 순간

뿅하고 나타나고

없다고 생각하는 순간

스륵 사라지는 거니까

살다 보니 덜컥 걸릴 때가 있었어,
작은 돌부리에 부딪혀 넘어질 때도 있었고,
아파서 상처를 감싸 안고 울 때도 있었어.
아무는 시간 동안 욱신거렸고
상처 위로 새살이 돋을 때까지 많이도 기다려야 했어.
지워지지 않을 것만 같아서 두려웠어.

그런데 시간이 지나고 지나서 보니
없어지지 않을 것만 같던 상처가 희미하게 사라졌고,
어떤 건 넘어진 기억은 있는데 흉터가 어딨지 못 찾기도 하고,
또 어떤 건 흉터는 있는데 왜 넘어졌는지 기억이 나질 않아.

시간은, 삶이라는 학교에서 수업과 수업 사이에 있는 쉬는 시간 같아.
앞으로도 넘어져 상처 날 일은 많고, 많을 거야.
그래서, 이왕이면 웃어야겠다고 결심했어.
상처를 받아들이는 마음이 웃는다면 흉터도 추억이 될 테니까.

내가 세상의 문을 열고 나간다고 생각한다면,
세상은 다시 열리는 거야.
왜냐하면, 세상 문의 무게는 0kg이거든.

세상에서 딱 한 사람, 나.
그 단 한 사람이 어디로 가든 세상은 활짝 다 열려있는데
내가 나에게 응원해 주지 않으면 그곳은 결코 갈 수 없는,
어둡고 캄캄한 미지의 세계가 돼버려.

나는 이런 사람이다, 하고 하나의 모양에 나를 가두지는 마
그럼 나는 하나의 모양 외에는 그 어떤 것도 가져 볼 수가 없잖아.

세상은, 왼쪽 오른쪽, 동서남북 다 열려있고,
세모, 네모, 동그라미, 다양한 모양이니까
어디든, 어느 모양이든 나에게 세상을 고를 자유를 주면
좋겠어.

자유롭다는 건 나에게 집중했다는 거야.
자유로운 사람은 타인을 보지 않아.
오늘을 재미있게 살고 내일을 계획하고
오직 내가 무얼 하고 싶은지 재미를 찾고
매일 내 편이 돼서 나를 응원해 주기도 바빠.

나를 약한 사람으로 만들지 마.
남에게 인정받으려고 남에게 칭찬받으려고
애쓰고 마음 쓰게 만들어서 나를 병들게 만들지 마.

괜찮아, 행복 박스가 있잖아

나로서 나를 인정하고 사랑하면
내가 얼마나 괜찮은 사람이라는 걸 알게 될 거야.
나를 알려고 하지 않으니까 내가 나를 가르쳐주지 않지,
알고 싶다고 하면 내 속까지 보여줄 나야.

아무리 날 위해 건네는 좋은 말이라도
내 중심이 흔들린다면, 그건 내 것이 될 수 없어.
그럴 땐 나를 흔드는 말보다는 흔들리고 있는 내 마음에 귀 기울여 봐.
그럼 얼마 동안은 흔들림에 더 어지럽겠지만,
흔들림이 멈추면 알게 될 거야.
흔들림 속에 얻은 선택의 힘으로 그동안 내가 얼마나 강해졌는지.

나를 위해 한 발짝만 떼봐.
친구와 놀고 싶다면 친구가 나에게 다가오는 상상 대신
같이 놀자, 하고 먼저 다가가고,

함께 밥을 먹고 싶다면
먼저 말을 걸어 오늘 밥 먹자고 말도 걸어 보고.

그림을 그리고 싶다면,
말보다는 화방으로 달려가 캔버스와 물감을 구해서 그림
을 그려봐.

더도 말고 덜도 말고 딱 한 발 짝만!
하고 싶은 게 있다면 하고 싶다는 생각보다,
행동으로 옮겼을 때 이루어지는 일들이 훨씬 많을 거야.

꿈은 얼굴이 있지만, 두려움은 얼굴이 없어.
그건 그저 내 마음을 흔드는 바람일 뿐이야.

생각만 하면 몸은 점점 굳어질지도 몰라.

원래 상상은 누워서 하지만 실천은 일어나야 하니까.
상상을 펼칠 땐 커다랗고, 거창한 계획보다는
작은 것부터 조금씩 실천해보는 것이 좋은 방법 같아.
새끼손가락 끝만큼, 아주 작은 계획부터 말야.

상상을 머리로 하면 머리 안에서 갇혀버려.
그리고 생각을 보태고 보태면 머리 안에서
원래의 모양도 잃고 크기도 작아져서 아주 작은 점이 되기도 해.

상상을 펼치는 건 머리가 아닌 우리의 손과 발, 몸이 움직여야 하고, 반복적인 연습이 필요해.
물론 연습은 100번 중 한 번의 성공을 안겨줄지도 몰라.
하지만 실망하지 마. 왜냐하면,
그 한 번의 성공이 다음의 99번의 실패와 맞서줄 거니까.

그럼, 생각은 의지로 바뀌고, 의지는 행동으로 연결되고
행동의 조각들이 모이고 모여 습관이 되고,
습관이 쌓이고 쌓이면 어느새 상상은 나 자신이 되거든.

드러줄 친구가 피료해
응, 응, 응
우리가 드러주께, 빼꼼

누구나 상상하지만 아무나 상상을 이루지 못하는 것은 생각보다 높고 단단하고 힘든 현실이라는 장애물 때문이야.

현실은,
그 어떤 기계 회로보다도 더 복잡하고,
그 어떤 그물보다도 촘촘하게 짜여있고,
그 어떤 협상과 타협보다도 힘든 원인과 조건으로 얽히고설켜 있어서
덩치 큰 녀석과 싸우는 것과 같은 거야.

하지만 해 볼만하지 않겠어?
상상을 품에 안고 있다는 것만으로도 정말 멋진 일이잖아!

상상을 박차고 나가는 순간
결과의 가능성도 내 안에 있다는 걸 알게 될 거고,
내가 가진 가능성의 다양한 얼굴도 만나볼 수 있잖아!

명필이 붓을 탓하지 않는 것은,
붓의 성질을 알고 다룰 수 있는 실력이 갖춰져서야.
우리도 세상이 담고 있는 다양한 성질의 조각조각을
경험하고
삶을 나와 맞춰간다면 우린 세상도 나도 탓하지 않을 거야.

이젤 앞에 앉은 페인터는 수많은 연습을 통해
무엇을 그릴지 스스로 선택하고,
이젤을 언제 떠나야 하는지 마지막을 결정해.

나무 한 그루마다 제 모양의 뿌리가 내리고
단단하게 서 있듯이
나의 삶도 길고 단단한 뿌리를 잘 내리는 연습을 한다면
멋진 삶 한가운데 당당히 서게 될 거야.

완벽히 좋은 것도 나쁜 것도 없어.

단지 그건,

'지금이라는 잣대'로 재서 그래

선택했다면 후회하지 말자, 완벽한 선택은 없으니까.

실수는 때로는 성장의 발판이 되고, 성공을 앞당기기도 하잖아.

그런데도 자꾸만 몰려드는 후회가 나를 괴롭힌다면

지금부터 나에게 맞는 선택을 잘하는 연습을 시작하면 돼

나의 잘한 선택은 앞으로 나가고,

미련을 두는 선택은 나의 마음을 후퇴시킨다고 생각된다면, 말야.

사실 지금은 몰라.

세상을 바꾸는 행복한 실수도 있을 수 있고,

후회스럽다고 생각했지만 삶을 바꾼 선택이 얼마나 많은데.

삶의 자는 지금이라는 눈금만 있지 않고

지금이라는 눈금으로는 길고 긴 우리의 삶을 잴 수 없어.

제발,

나라는 감옥에 나를 감금시키지 마

괴로움은,

혼자를 좋아해서 홀로 있는 사람을 공략하고,

눈물을 좋아해서 울고 있는 사람을 툭툭 치고,

생각을 좋아해서 생각이 많은 사람을 때린대

그러니 치사한 괴로움을 끌어안지 마.

부정적인 감정은, 감염 속도가 빠른 독감 같아서 나와 내 주변의 기분까지 모두 옮겨버리는 힘을 갖고 있어

부정적인 감정은, 어둠의 손을 갖고 있어서

캄캄한 곳으로 잡아끌어 나 자신을 어둡게 만들어.

부정적인 감정이 다가오는 순간,

기분이 태도가 될 수도 있으니까, 무조건 조심!

부정적인 감정은 아마도 나를 가둬두는 감옥일지 몰라.

세상이 나를 버리고 사람들이 나를 떠났다고 생각할 때

내가 버려졌다는 부정적인 마음이 올라온다고 하겠지만,

내가 부정적일 때,

세상이 나를 버리고, 사람들이 나를 떠나고,

결국, 내가 나를 떠나게 돼.

그러니까 그런 마음이 들면 숨 한번 크게 쉬고,

거울 앞에 서서 웃는 연습부터 하자.

부정의 속도는 긍정의 속도보다도 빠르고
부정의 지도안에는 정확한 이정표도 없고
방향도 제멋대로고 가늠하기도 힘들어.
이렇게 제 모습 하나 갖추지 못하고
여기저기 헤집어 놓는 이 아이에게
지금까지 지켜 온 나의 마음 방을 내주면 안 돼.

그래도 두려움이 올라오고 부정적인 생각이 나를 툭툭 건드린다면,
'잘하고 싶은 마음에 두려움이 찾아왔구나.'하고 생각하고
마음의 메시지로 받아들이면 좋겠어.
그럼, 두려움은 나를 괴롭히는 것이 아니라
잘하고 싶은 나를 준비시키는 원동력이 될 수 있으니까.

어떤 사람은 장애물을 성장의 기회라고 말하고
어떤 사람은 넘을 수 없는 장벽이라고 말해.
똑같은 모양, 똑같은 위치에 있는데 다르게 보이는 것은
마음의 눈이 긍정으로 보느냐 부정으로 보느냐의 마음
시력 차이야.
어렸을 때 높아 보였던 것도 훌쩍 자라고 나면 꼬마의 장
난감처럼 보일 수 있듯이
내 주변에 계속 머물 것 같은 위기도 시간이 지나면 바람
처럼 사라지니까
긍정적인 마음으로 갖고 넘기고 넘기는 연습을 하다 보면,
위기는 삶도 놀이가 될 수도 있어.

계속 나쁠 것 같은 일도 내 곁에 영원히 머무는 건 없어.
그 모든 건 바람 같아서
훅 몰아치다가도 언제 그랬냐는 듯이 또 잠잠해지더라고.
차가운 바람이 사라지고 따스한 햇볕을 내려오면 바람은
금새 잊힐 거야.

나쁠 일도 좋을 일도 나눔이 없듯이

좋은 사람도 나쁜 사람도 구분이 없어.
다만, 나와 맞는 사람, 맞지 않은 사람만 있는 거고 그 구분은 자기중심적인 거야.
좋은 사람도 나와 맞지 않으면 나쁜 사람이 되는 거고,
나쁜 사람도, 나와 맞으면 좋은 사람이 되는 거잖아.

좋고 싫은 것은 마음에서 일어나는 그저 자연스러움이지만
좋다. 싫다.를 드러내는 순간, 내 마음만 요동치니
좋은 것도 싫은 것도 바람에 실려 떠나보내는 연습을 하면 어떨까?

바람이 분다고 그 흔적까지 남지 않듯이
마음을 흘려보내는 연습을 하면
상처도, 후회도, 미련도, 그 어떤 것도 남기지 않을 수 있어.

마음에 내키지 않은 사람이, 일이 나를 끌고 갈 때
그땐, 몸을 멈추고 마음에게 물어봐.
'나 괜찮아?'라고.
그때 마음이 고개를 돌리면 그쪽으로 가지 마

꼭 그때가 아니더라도 기회는 많으니까.

언젠가는 마음이 맞는 사람도, 일도, 만날 기회는 많이 있어.

괜찮아, 행복 박스가 있잖아

밖에서 보면 멋지고 힘들지 않아 보이지만,
안으로 들어가면 쉽고 멋지기만 한 일은 없어.

내가 하는 일이 재미없다고 말하지만,
내가 가장 잘하고 있는 일을 누군가는 부러워할지도 몰라.

가슴 뛰는 일을 찾아 헤매도 찾지 못했다면,
그건 하나의 일에 가슴이 뛰어본 적이 없기 때문이야.

일이 나를 평가하면 내가 작아지고,
내가 일을 평가하면 일이 우스워져.
일을 잘하는 사람은 일과 즐겁게 동행하는 사람이야.

마음의 공간을 벗어날 수는 없다면

볕 좋은 날에 창문을 활짝 열고

마음을 쓸고 닦고 빨래를 해봐.

마음도 다른 공간이 있다는

새로운 발견을 하게 될 테니까.

나를 위해, 오롯이 나를 위해서.

하나를 보고 열을 안다는 건, 오만이야.

하나부터 열까지 세세히 봐도 모를 때가 더 많잖아.

안 봐도 뻔하다고 하는 건, 편견이야.

봐도 모르는데 안 본 걸 어떻게 알겠어?

오만과 편견은 약한 마음 시력이 약해져서 생기는 거니까

그럴 땐 마음 시력도 꼼꼼 챙겨주자고.

한 사람의 삶은 단 한 조각도 없이는 완벽히 이해할 수는 없는데…

내가 너를, 네가 나를

다 아는 체하고 만난다면 우리는 하나도 제대로 알 수 없을 거야.

누군가를 안다고 말들은 하지만 알고 보면 그건
그 시절 몇 개의 조각에 불과할 뿐이야.

내가 다른 사람을 다 알 수 없듯이
다른 사람도 나를 다 알 수 없어.
만일 나를 알지 못하는 사람이 나를 비난한다면,
그건 모르고 하는 실수니까,
그럴 땐 씨익 웃으며 그건 잘못된 거라고 말하고
지금까지 그래왔듯이 내가 가진 중심대로 하면 돼.

그러다 언젠가 나에게 비난을 했던 이가 미안하다고 말한다면
그와는 친구가 될 수 있어.
왜냐하면, 미안하다는 건 그 사람이 나와 친구가 될 준비가 됐다는 신호일 테니까.

팔랑팔랑

남이 나를 모르고 한 말에는 상처받지 마.
그건 그 사람의 실수인데 상대의 실수에 상처받는다는 건,
상대가 말한 사람이 나라고 인정해버리는 것과 같잖아.
그럴 땐 내가 가장 좋아하는 사람을 만나 좋은 대화를 나눴으면 좋겠어.
그럼 내가 어떤 사람인지 다시 알게 될 거야.
우린,
맛있는 음식을 사이에 놓고 맛있는 관계를 맺을 때 멋진 친구가 되는 거야.

내가 어떤 사람인지 알고 싶대서 나를 보여줬는데
그게 상식적이지 않다고 말한다면,
내가 어떤 생각을 하고 사는지 알고 싶대서 나의 세계관

을 들려줬더니
그건 상식에서 벗어난 생각이라고 말한다면,
어쩌면 그 사람이 상식적인 사람이 아닐 수 있어.
상식은 그 사람의 생각 하나만으로 이루어지는 게 아니니까.

나를 알기도 전에 나를 다 알았다고 하는 사람들에게,
나를 대충 알면서도 엑스레이를 본 듯 줄줄 말하는 사람들에게,
나의 한 조각을 보고 전체를 본 듯 말하는 사람들에게,
나를 보여주려 애쓰지 않아도 돼.
결국, 보여줘도 그 사람들은 나를 보지 않거든.

손톱 깎기에 툭 깎여 튕겨 나간 손톱 부스러기를 보고
그게 나라고 함부로 말하는 사람은 나를 알려고 하는 사람이 아니야.

상대의 말에 휘둘린다는 건 결국 나를 사랑하지 않아서야.
사랑은 나 자신의 뿌리이고 기둥이고 울타리인데

뿌리가 시들고 기둥과 울타리가 약해졌으니 작은 바람에 도 휘청대지.
나를 사랑하는 나는, 나와 나 사이에 일어나는
무수한 실수에도 웃음으로 넘기고
나를 사랑하지 않는 나는,
작은 일에도 인색한 표정을 남겨.

사랑의 첫 번째 대상은 바로 나이고,
내가 나에게 주는 가장 큰 선물은 나를 사랑하는 거야.

관계의 균형을 잃어버려서,
상대가 원하는 것을 무작정 들어주고 따라주면 내가 불편하고
나의 틀에 상대를 맞추면 상대는 언제고 떠날 준비를 할 거야.
관계는 한쪽의 바람과 원함 쪽으로 기울어지는 게 아니라,
서로의 마음 문턱을 자유롭게 오가며
커피 한 잔을 놓고도 웃는 시간을 쌓아가는 것, 그게 관계야.
관계의 저울이 고장 났으면 빨리 고쳐야 해.

느림보야
빨랑와
힘드러

괜찮아, 행복 박스가 있잖아

불쑥 관계가 힘들다고 느껴지면
그땐, 내 안의 내가 힘들다는 신호니까 그럴 땐 혼자의 시간을 가져 봐.
종일 방에서 뒹굴뒹굴 굴러도 좋고
먹을 것을 산더미처럼 쌓아놓고 먹어도 좋고
맑은 바람도 쐬고 산책도 하면서
관계라는 녀석에게서 조금 멀리 떨어져 있었으면 좋겠어.
마음의 방의 평수는 일정한데
분리수거도 없이 빼곡하게 채우고 또 채워 발하나 디딜 틈이 없다면
결국, 내 방에 내가 있을 자리조차 없는 거잖아.
나를 버린 관계, 쉼이 없는 관계는 쓰레기 더미에 지나지 않아.

관계를 툭 치면 와르르 무너지는 모래성과 같다고 말하는 사람은
그건 그 사람이 관계를 모래로 쌓아서 그런 거니까,
그건 신경 쓰지 말고 마음에서 훅 불어 보내주면 돼.

내 마음 방에는 향기 나는 것들로만 채워보자.
나와 내가 함께 그린 그림으로
나와 내가 나눈 멋진 대화로
너와 내가 나누는 화음으로
너와 내가 함께 추는 춤으로,
멋짐 옆에 멋짐을 놓고,
멋짐 위에 멋짐을 쌓으면
내 삶 전체가 멋져지는 거야.

내가 얼마나 괜찮은데 ( )
내가 얼마나 사랑스러운데 ( )
내가 얼마나 똑똑한데 ( )
내가 얼마나 좋은데 ( )
내가 얼마나 행복한데 ( )

(   ) 안에 어떤 문장 부호를 달아주느냐에 따라 나는 오늘도 달라져.

유쾌한 음악에 어제를 얹으면 나의 기억이 유쾌하고.
즐거운 음악에 오늘을 얹으면 나의 하루가 즐겁고,
행복한 음악에 내일을 얹으면 난 행복한 사람이 될 거야.

내 삶에 어떤 음악을 얹을래?

너만 신나면 다야!!
아이 신나

좋은 음악과 같은 사람과 만나서 이야기를 나누고,
멋진 그림과 같은 사람과 만나서 가치관을 나누고,
유연한 몸짓과 같은 사람과 만나 삶을 나누면,

우리의 삶은 아마도 멋진 예술 작품이 될 거야.

대수롭지 않은 말에 깔깔대고,
시시한 이야기에 배꼽을 잡고,
하고 또 한 이야기가 새롭게 들리는 건,
그건 그 시간이 재미있었다는 거야.
너와 나, 우린,
서로에게 이러한 시간과 시간을 연결하는 힘이 필요해.

내가 내 삶의 주인공이라면
내가 나로서 세상과 마주 서겠지만,
내가 내 삶의 주변인이라면
누군가의 조정이 없이는 움직이지 못할 거야.

한집에서 살고, 한솥밥을 먹고,
한 이불을 덮고, 한 번도 떨어진 적 없는데…
그런데도 여전히 나는 나를 알지 못해.

나를 알지 못한다는 건,
세상에서 가장 소중한 존재를 곁에 두고도
알아보지 못한 커다란 불행이야.

내가 누구인지 안다는 건,
살면서 가장 중요한 일이야.

내가 무슨 생각을 하고 무엇을 해도 다른 사람은 관심이 없지만,

내가 무엇을 하고 무슨 생각을 하는지 내가 모른다면,

그건 내가 이 세상에 관심이 없다는 걸 거야.

내가 나를 안다는 건, 세상을 살아가는 시작이고,

내가 나를 사랑한다는 건, 내가 세상을 재미있게 살고 있다는 뜻이야.

부러우면 지는 것이 아니라

부러운 것을 인정하지 않는 것이 지는 것이고,

내가 부러워하는 사람도

나를 부러워 할 한가지 정도는 나도 가지고 있다는 걸 잊지 마.

괜찮아, 행복 박스가 있잖아

일하는 것만 능력이 아니라 쉬는 것도 능력이고 열심히 하는 것만 재능이 아니라 멈추는 것도 재능인 거야.
죽을힘을 다해 오늘 다 쏟아붓는 것만이 열정이 아니야.
어제와 오늘, 그리고 내일을 계산하는 것, 그게 진짜 열정이야.

그렇게 다 써버리면 나중엔 어떡하려고
불태운다고 했다가 내가 탈지도 몰라.
단거리도 잘하고 장거리도 잘해야지,
더 큰 선물이 될 수 있는 그날을 위해
힘을 아끼는 것이, 바로 삶의 기술인 거야.
오늘만 네가 소중한 게 아니잖아

넌 어제도, 오늘도, 내일도, 처음부터 끝까지 소중해.

그런 날이 있어, 아무것도 하고 싶지 않을 때.
만사 귀찮고 대자로 뻗어버리고 싶을 때.
그럴 땐 무엇을 해야 한다고 등 떠밀지 말고
지금까지 열심히 했으니 오늘은 좀 쉬어! 라고 쿨하게 말해주면 어떨까?
아무 일도, 아무 생각도 안 한다고 지금 당장 큰일 나지 않으니까.

삶에,
답이 없다는 데도,
답이 없다는 걸 잘 알면서도,
답을 찾아 계속 바쁘게 다니는 건,
그건,
삶이 바빠서가 아니라 확신 없는 내 마음이 바쁘게 뛰어서 그래.

그럴 땐 좀 쉬는 것이 답인데.

내리는 소나기에 젖었든, 피했든
소나기는 언젠가는 멈추고 젖은 빗물은 마르더라.
소나기가 내린다고 겁내지 마.
까짓거 '비 좀 맞으면 되지.' 생각함, 언제 그랬냐는 듯이 겁이 사라져.
한 방울만 참아봐, 맞을 만해. 그리고 말리면 되잖아.
그래봤자, 물인데 뭐, 물.

새장 속에서만 사는 새는, 새장을 열어놔도 밖으로 나가지 못한대.
이 세상도 내가 나가지 못하면 나는, 이토록 아름다운 세상을 단지 새장 속에서만 볼 수밖에 없을 거야.

걱정한다고 해결되는 건 없더라.
되레 걱정의 부피와 키만 키우고 형태만 더 또렷해질 뿐이더라.
언젠가 시간이 지나면 걱정할 일도 아니었단 걸 알게 되잖아.

걱정을

붙잡고 있고 집중하고 집착하면,

걱정이란 녀석은,

내 마음에 찰싹 달라붙어서

결국, 나를 까맣게 태우는 불장난을 하거든.

불장난에 한번 재미가 들리면 끊을 수가 없는 걱정 중독에 걸리게 되니까

아예 손도 대지 않는 게 좋아.

걱정이 손을 타기 시작하면 걱정은 더 커지고 쌓일 뿐이야.

내리막 씽씽 깍

괜찮아, 행복 박스가 있잖아

지금 내가 보는 세상은, 내 경험만큼의 열린 시각이야.
일 년 전 일어난 일이 지금은 아무렇지 않은 것은
일 년 동안 시각이 더 넓어졌다는 성장의 증거이고
지금의 문제도 일 년이 지나면 생각도 나지 않을 거야.

당장 문제가 생겼다고 나 자신을 흔들면
내일을 살아갈 힘이 떨어질 수 있어.
그러니까
어제를 후회로 살고,
오늘을 걱정으로 보내고,
내일을 두려움으로 살지 말고,
지금이 나의 마지막이라고 생각하지 않았으면 좋겠어.

나를 외면한 채 다른 사람의 눈으로 세상을 보는 건
한쪽 눈으로 세상의 반만 보는 것과 같아.
세상을 선명하게 보려면, 나를 통해 세상을 봐야지.
내가 아닌 다른 사람의 시선으로는 세상을 보면 제대로 볼 수가 없어.

다른 사람의 기분을 지나치게 살피는 건,
나를 보는 마음이 없다는 것과 같아.
내 마음이 나를 향해있고, 다른 사람에게 나누어 줄 때
가장 따스한 온도를 지킬 수 있으니 언제나 마음 온도 떨어지지 않게 조심!

나를 가장 힘들게 하는 사람은 나이고,
나를 가장 행복하게 하는 사람도 나인 거야.
내가 없는 나는 없기에, 나를 따돌리는 나는, 내가 아닌 거야.

세상에서 가장 아픈 왕따는

내가 나를 따돌리는 것!
누군가를 행복하게 만들기 위해 애쓰는 나,
그런데 내가 없다면 그 모든 노력이 필요할까?
세상과 연결의 시작은 바로 나인데
내가 있고 타인이 존재하고, 그리고
나와 타인이 모여 세상을 이루는 건데
나 없이 세상이 무슨 소용이 있을까?

이기적으로 되라고 말하는 게 아니야.
배려가 없어도 된다고 말하는 게 아니야.
그렇다고
남만 챙기라는 말도,
남이 아파도 된단 말은 더더욱 아니야.

남을 사랑하는 만큼 나를 사랑해야 한다고
나를 사랑할 줄 알 때 남을 사랑할 수 있다고
몸의 눈은 남을 보더라도 마음의 눈은
나를 향해있어야 한다는 말을 하는 거야.

이럴 땐 나를 남처럼 대해주면 좋겠어.

그거 별거 아니라고, 다 지나간다고, '넌 다시 행복해질 거야.'라고

어깨 툭툭 쳐주며 웃으며 담대하게 말해줄 때.

어제도 잘했고, 오늘도 잘하고 있고,

내일은 더 잘할 수 있다고 힘을 줄 때.

활짝 웃으며 두 주먹 불끈 쥐고 화이팅! 외쳐줄 때.

남에게 듣고 싶은 말을 남이 해주지 않을 때.

이럴 땐 '기분 좋은 남'이 되어주었으면 좋겠어.

잘하고 있다, 괜찮다, 말해주는 이 하나 없어도 '지금 여기'에 내가 있다는 것만으로도 잘하고 있고 괜찮은 거야. 물론 우리는 성공보다는 실패의 맛을 먼저 봤고, 끈기 있게 가야지 했던 일에 포기가 잇따랐고, 꼿꼿하게 서 있는 것처럼 보여도 뼈 마디마디가 좌절했을 테지만, 한 번만 다시 생각해보면, 태어나 뒤집기를 하나 하는 것도, 네발로 기는 것도, 두 발을 딛고 일어나는 것도, 수많은 반복이라는 과정 없이 이루어지는 일은 하나도 없었다는 걸 기억할 거야.

그렇게 생각해보면 실패가 성공 경험의 살이 되었고, 포기가 결정의 감각을 키웠고, 좌절이 삶의 중심을 맞추는 연습이 되었던 것 같아.

기억도 나지 않은 작은 존재도 반복의 과정으로 뒤집고, 기고, 일어나는 힘을 얻었으니까 더 큰 존재로 피어난 우리, 누군가 말해주지 않아도 스스로에게 모든 건 과정이니 잘했고, 잘하고 있고, 잘할 것이다, 라고 꼬옥 안아주자. 누군가 말해주는 이, 없어도 말야.

Chapter 03

나를 사랑할수록 커지는
행복 박스

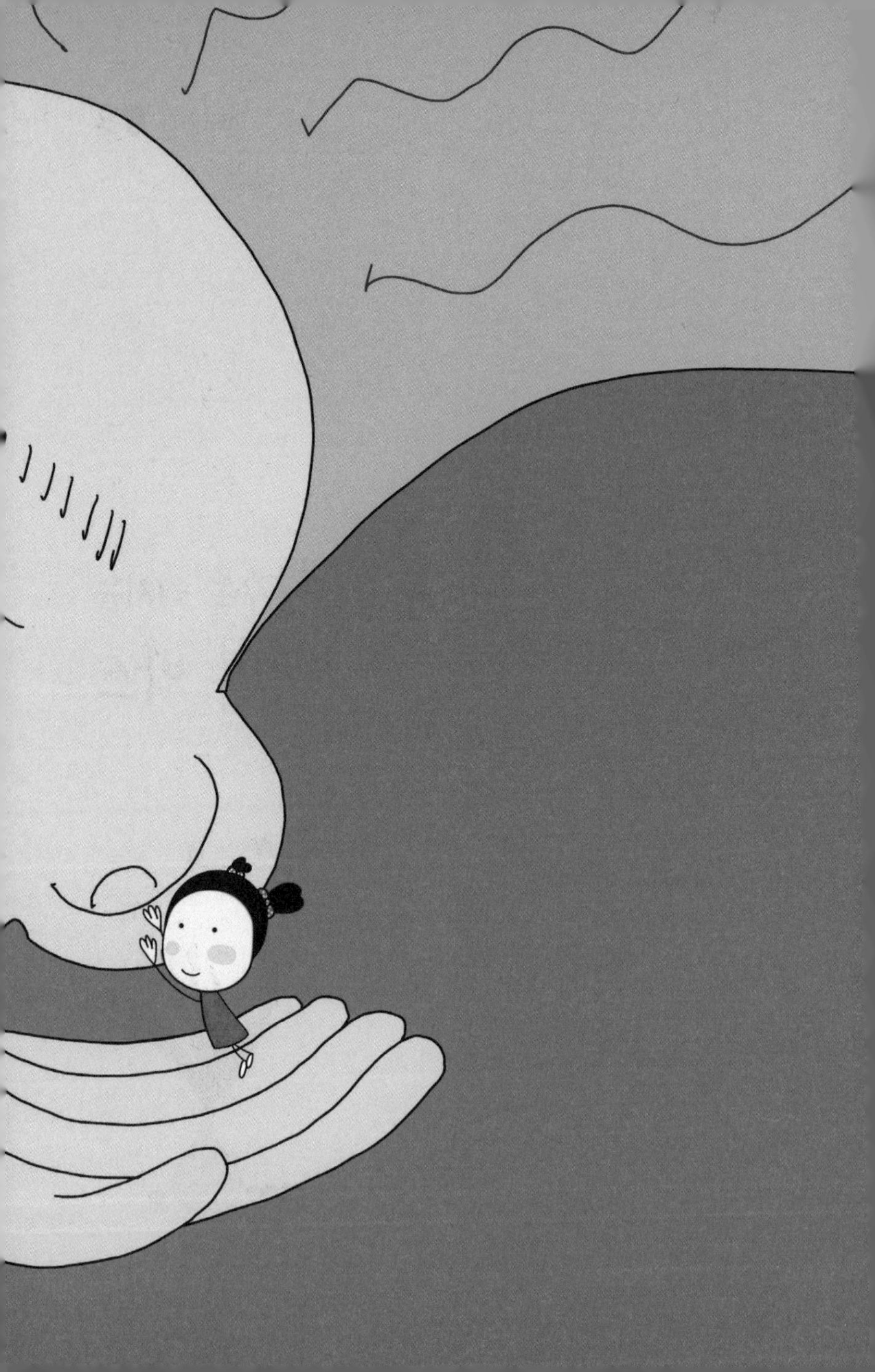

나를 사랑할수록 커지는 행복 박스

우리는 모두 행복해지고 싶습니다. 이 세상에 태어난 우리는 자신을 향해서 삶이 누릴 수 있는 행복을 원하고, 사회를 향해서는 행복할 권리도 찾고 싶습니다. 하지만 행복해지고 싶다는 마음을 품는 우리의 행복은 그리 큰 데 있지 않습니다. 돈이 많은 부자를 원하는 것도 아니고, 커다란 명예와 성공을 얻는 것도 아닙니다.

유년 시절에는 자신의 꿈이 이루어지는 행복을 원하고,
사회 구성이 되면서는 직장과 삶의 안녕적 행복을 찾고,
그러다 차츰 삶에 대한 만족과 보람, 성취 등으로 나아 가는데,
중요한 것은 우리가 원하는 행복이 복권이 당첨되는 일

확천금의 행운을 말하는 것이 아닌, 우리의 삶에서 작고 작은 일상과 일상의 조각들이 잘 어우러지고 스며들어 만들어진, 그야말로 작고 소소한, 최소한의 꿈이 품어진 행복을 이루고 싶어 합니다.
그런데 서로 다른 환경과 조건에서 태어난 우리가 현재의 '공유의 시대'에서 행복의 차이를 경험하고, 비교하고, 저울질당하면서 우리는 우리 자신이 갖고 태어난 행복의 무게를 떨어뜨리고 스스로 놓아버릴 때가 많습니다.

생각보다 행복은 영역이 매우 길고 넓고 깊습니다. 아주 작은 것에서부터 벅찰 정도의 양까지 그 너비와 깊이가 다양하기에, 행복의 선상 어디엔가 점 하나만 찍는 것만으로도 행복할 수 있고, 이것을 행복으로 느낄 수만 있다면 우리는 결코, 나를 불행으로 밀어 넣지 않을 것입니다.
그중 가장 중요한 것이 '생각의 전환'인 것입니다.

이 세상에 태어난 나는 나와 함께 가야 할 동반자이며 돌보미이며 책임자입니다. 사노라면 행복이 늘 곁에 머물 수만은 없고, 고통으로부터 완벽하게 차단할 수는 없으며, 예고되지 않은 불행이 찾아올 수도 있습니다. 그럴 때 너무도 약해지고 초라해진 나를 감쌀 이 또한 결국 나입니다. 우리는 나 자신을 지키고 보호해야 할 의무자이자 책임자로서 타인으로부터, 세상으로부터 덜 고통스럽게 방어벽을 쳐줄 준비가 돼 있어야 합니다. 그중 하나는, 건강한 마음의 눈으로 세상을 보는 것이고, 남은 하나는 부정감정이 일으키는 고통과 두려움으로부터 나의 내면이 훼손되지 않도록 보호하는 것입니다.

연극 무대 위에서 배우 없이 역할이 존재하지 못하듯, 세상이라는 무대에서도 내가 없이는 그 어떤 것 또한 존재하지 않기 때문에 나의 눈으로 세상을 보는 것이 중요합니다. 그리고 세상을 좀 더 확장해서 보기 위해서는 건강한 '마음 시력'이 필요합니다.

무슨 수행자 같은 말이냐, 싶겠지만. 꼭 수행이나 명상을 하지 않더라도, 지나간 시간을 되짚어보는 여유만 갖는다면, 우리는 크고 작은 성장을 통해 지나간 일을 흘려보내고 다가오는 일에 대비하는 지혜가 생겼다는 걸 알 수 있습니다. 왜냐하면, 행복의 정의는 지극히 주관적이니까요.

많은 이들이 행복은 멀리 있는 게 아니라 곁에 있다고 말하는 것은, 행복은 기분 좋은 사람과 마시는 물 한 잔에서도 찾을 수 있고, 늘 걸어 다니는 골목길에서도 찾을 수 있을 만큼 우리의 일상 곳곳에서 만나고 또 만날 수 있다는 결이 좋은 특징이 있기 때문이며, 이를 위해서는 나와 세상을 연결하는 좋은 관심과 건강한 마음 시력, 그리고 열린 마음을 갖는 것이 중요합니다.

행복은,

나와 타인, 그리고 세상이 건강하게 연결될 때 비로소 완성됩니다.

조금은 엉성하고 허술해도 괜찮아

그건 앞으로 채울 게 있다는 거니까.

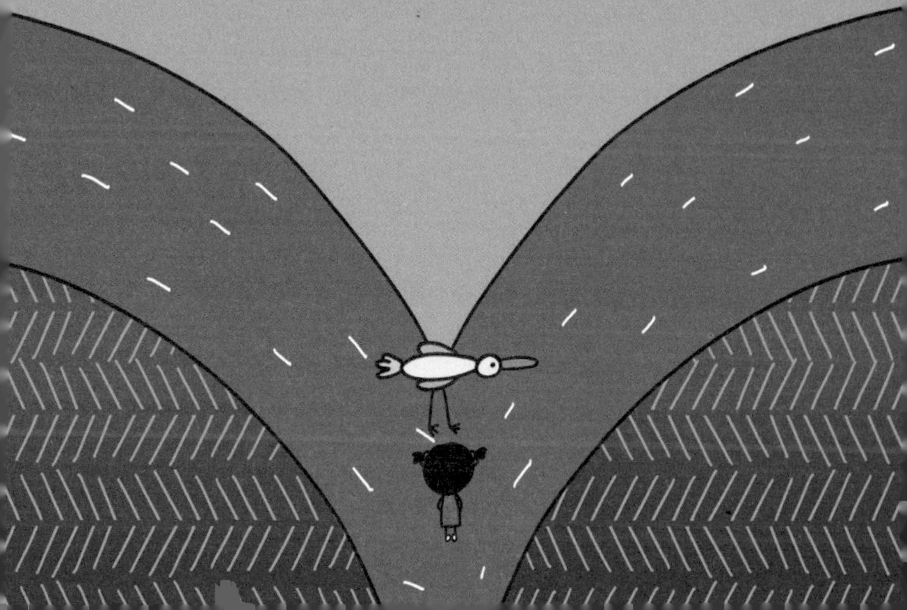

잘하지 않아도 돼 기회는 오고 또 오는 거니까.

지금이 아니어도 돼, 내일도 모래도 또 있으니까.

다음을 기다리면 돼, 안 올 것 같지만 또 올 거니까.

넌,

실수할 때도 좋았고, 넘어질 때도 멋졌고, 실패할 때도 쿨했어.

난,

무작정 널 믿었고, 무조건 니 편이고, 무쟈게 널 좋아해.

삶은,

듬성듬성 빈틈이 많은 퍼즐 게임이고,

산다는 건, 퍼즐을 한 조각 한 조각 맞춰가는 것 같아.

시간을 두고 천천히 풀어야 할 숙제와 같은 퍼즐,
세상이라는 커다란 학교에서 공짜로 얻은 평생학습권을 무기로
서두름 없이 즐거운 놀이처럼 맞추면 어떨까?
그럼,
살아가며 내 삶의 조각을 맞춰가는 재미를 알게 될 거고,
혹여,
다 못 풀었다고 해도 푼만큼의 행복을 느끼게 될 거야.

걱정하지 마.
삶이라는 공부는 졸음을 유발했던 학교 과목과는 전혀 다르니까.
관계학은 너와 나의 공동 과제라 함께 푸는 재미도 있고,
성장학은 정답도 오답도 없으니까 그냥 즐기면 되고,
대화학, 연애학, 취미학, 마음학, 등등 다양하게 펼쳐져 있으니까
우린,
나의 삶을 맛있게 조리하고 요리할 수 있는 과목 모두를 골고루 다 들을 수 있어.

아, 중요한 점수는 바로,
'괜찮아! 잘했어! 잘할 수 있어!'니까 넌 그저 즐길 준비만 해.

왜 난 키가 작을까?
왜 난 돈이 없을까?
왜 난 달리기를 못 할까?

'왜'라는 질문이 화살이 되어 내 마음을 찌른다면,
남들과 비교해서 나 자신이 미워진다면,
그건, 내가 내 마음의 겹이 얇거나, 상처받았거나
나를 보는 마음의 시력이 떨어져서 생기는 것으로 생각하고
행복 박스에서 마음에 겹을 덧대고 시력 교정 안경을 찾아서 내게 선물해 봐

그럼 작은 키보다 더 큰 나의 장점이 보일 테고,
돈을 벌었을 때 두 배로 느낄 기쁨을 저축했다는 마음으로 바뀌고,

느림이 주는 여유로움을 발견하게 될 거야.

떠나면 여행자가 되고,

남으면 여행지가 되는

시선의 변화가 주는 기쁨을 알게 된다면,

부정의 물음표는 행복의 느낌표가 돼줄 거야.

생각해 봐.

나만 나에게 부족하다고 말하지,

그 누구도 내가 부족하다고 생각하지 않아.

타인은 내가 어제 어떤 옷을 입었는지,

어떤 대화를 나누고 몇 번 버스를 타고

집으로 돌아갔는지 기억도 못 하거든.

그러니 부족하다고 말하는 건 그 사람이 아니라 나 자신인 거야.

내 마음에 나를 부족하다고 말하는 나를 심고, 키우지 마.

되레 어떤 이는 내가 버리고 싶은 것을 간절하게 원할지도

모르는 나일 테니까.

부족하다고?

미치지 못한다고?

그래서 안 된다고?

그거 누가 정한 건데?

웅덩이에 고인 물이 강물 같고 바다 같다고 생각하면,
작은 웅덩이 물도 점점 불어나서 감당이 안 될 때가 있어.
다른 사람들은 폴짝 잘만 뛰어넘는대도
내가 못 건너가겠다고 생각하면,
그 순간, 작은 웅덩이가 강물이 되고 바다가 되는 거니까
마음에서 물의 양을 키우지 않았으면 좋겠어.

딱! 정말 딱, 1cm만!
세상의 문을 딱 1cm만 열어도
숨어있는 나를 발견하게 되고,
숨어있던 세상이 열리는 신기한 경험을 하게 될 거야.

'못 해'라고 생각했던 일을 한 번만 해봐.
도전이 용기를 만들고,
용기가 연습이 되면 모험을 할 수 있고,
모험이 연습이 되면 즐기는 방법이 궁금해지고,
즐기는 방법을 알게 되면 완전히 다른 세상과 만나게 될 거야.
그러니까 세상의 문을 딱, 1cm만 열면 돼.

눈을 감고 떠올려봐, 하고 싶은 게 무엇인지.
물론 하고 싶은 일을 다 하고 살 순 없겠지만
그래도 가끔은 하고 싶은 일을 내가 선택하고
흠뻑 빠져본다는 건 살아있다는 의미를 찾을 수 있으니까.

내가 하는 일에 의미를 부여하면
그럼 같은 목표라도 과정이 달라지고,
결과보다는 가치가 생기고,
앞만 보고 달린대도 왜 달리는지를 알게 될 거야.

문득 심장이 멈춰 있다고 느낀다면
다시금 심장을 뛰게 만들어 보면 어때?
그건 오직 나만이 할 수 있는 거니까.

가끔은,

가끔은,

해야만 하는 것보다 하고 싶은 걸 찾았으면 좋겠어.

해야만 하는 책임과 의무에 등 떠밀려 가다 보면

삶의 속도는 늘어지고, 재미도 떨어져서

결국, 선택에 떠밀린 내가 나를 괴롭히게 되거든.

삶에 쫓겨 일에 나를 맞추면

내가 하고 싶은 게 무엇이었는지 언젠가부터 생각나지 않고,

내가 나를 멈춰 세우고 나에게 질문을 하지 않는다면

아무도 내게 질문을 던지지도 않고

설사 누군가 내게 질문을 한다 해도 그 질문을 알아들을 수 없어.

내가 좋아하는 게 무엇이고, 하고 싶은 일은 무엇인지 정 모르겠다면
나의 삶의 경험과 기록들을 빼곡히 기록된 '내 삶의 도서관'으로 가서
온종일 볕 좋은 창가에 앉아
나를 기억하고 떠올리고 생각하고 계획하는 작은 시간을 가져 봐.
그럼 나를 둘러싼 여러 겹의 시간이 조용히 알려줄 거야.

좋아하고, 하고 싶은 일을 찾는다는 건
찾는 시도만으로도 이미 행복한 삶 위를 걷고 있는 거야.

좋아하는 일을,
능숙하게 해내는데 걸리는 시간이 1만 시간이래.
매일 3시간씩 10년을 꾸준히 노력해야 좋아하는 일도 잘 할 수 있듯이

내가 가진 행복 박스 역시 익히고 다루는 법을 꾸준히 갈고 닦는다면
우리는 우리가 가진 행복을 잘 다룰 수 있을 거야.

행복은,
만나는 것이 아니라,
만드는 거니까, 말이야.

하늘에서 뚝 떨어지는 행운을 기다리기보다는
만들고 싶을 때마다 만들어 낼 수 있는 나의 행복을 지키는 게 더 중요해.
행복하면, 언젠가는 행운도 만날 수 있지만,
행복을 모르는 사람은 행운을 만났을 때도 알아보지 못하거든.

행운의 네 잎 클로버 하나를 찾기 위해
수많은 행복의 세 잎 클로버를 밟지 말아줘.

바람이 불면 그냥 흔들리고 휘청대면 돼.
바람에 흔들리지 않는 것도 이상하고,
바람만 부는 날도 계속되지 않잖아.
마음에 바람이 분다는 건 마음의 무게가 적어져서 그런 거니까,
그럴 때는 바람의 방향을 탔다가 다시 해가 날 날을 기다려보자.
절대로 바람만 부는 날만 계속되지 않아.

세상의 중심이 나는 아니지만,
내가 중심 있게 세상에 서 있지 못하면
세상의 바른 모양도, 선명한 색깔도, 향긋한 향기도 맡을 수 없어.
이 세상의 주인공은 내가 아닐지라도
어제도 오늘도 내일도 내 삶의 주인공은 바로 나야.

모든 물건이 자리를 찾아갈 때 쓸모가 있듯이,
사람도 제 역할을 만났을 때 빛나는 거야.
그런데 문득 쓸모가 없고 제 역할을 못 하는 것 같은 생각이 든다면
그건 제자리를 찾지 못해서 일뿐, 네 잘못이 아니야.

헌 옷이라고 버렸다가, 갑자기 버린 걸 후회하는 것처럼,
무언가 멋진 생각이 툭 떠오른다면
지금 당장 행동하지 않더라도 메모라도 꼭 해 놔.
지금은 아주 작은 조각에 불과하지만,
언젠가 그 메모에 날개가 달릴 거니까.

모든 걸 내 안에서 문제를 찾으면 결국 나 자신이 문제가 되는 것 같아.
사람과 사람 사이, 나와 일 사이, 나와 세상의 사이에는
나로 인해 벌어지는 일들도 있지만 나와 별개로 생기는 문제도 있어.
그러니 모든 걸 내 탓으로 돌려 내가 나를 작고 미약하게 만들지 말고,
문제가 일어났을 때는 조금 떨어진 거리에서 바라보고
해결 방법을 찾는 연습을 했으면 좋겠어.

관계든 일이든 세상이든 모든 건 고무줄 같아서
느슨하면 존재가 사라지고, 너무 당기면 끊어져 잃게 되니까

모든 건 일어날 수 있다는 커다란 확률 안에 넣고
문제가 일어났을 때 어떻게 해결하는지 나를 지켜봐 주고 기다려줬으면 좋겠어.

펼쳐서 있는 같은 풍경 속에서도
나무를 제일 먼저 보는 사람이 있고, 나비를 처음으로 보는 사람,
사람, 구름, 잔디밭 등, 어느 곳이든 제일 먼저 보이는 대상이 있어.
그건, 내 안에 그것과 연결돼 있어서인데,
내 안에 나무가 있으면 나무가 제일 먼저 보이고,
내 안에 나비가 있다면 나비가 제일 먼저 보이고,
사람과 구름이 있기에 사람과 구름이 제일 먼저 보이는 거래.

우린 우리의 경험만큼만 알고 느끼잖아.
세상을 적게 경험하면 좁다고 생각하고,
넓게 경험하면 더 크게 상상하게 되고.

세상을 넓게 보는 방법은,

펼쳐져 있는 것을 연결하고 연결해서 보는 거야.

나무 위의 구름을 보고, 구름 아래 잔디밭에 앉아있는 사람,

이렇게 차례로 연결한다면 세상은 풍경처럼 펼쳐질 거야.

행복해지고 싶어?

그럼 좋은 감정을 연결하고 연결해 봐!

나를 사랑할수록 커지는 행복 박스

행복에서 감정을 빼놓고 말하기는 힘들지.
행복이 감정은 아니지만, 감정이 행복으로 연결되기는 하니까.
그런데 잘 생각해봐.
나를 주저앉히는 것도 감정이지만,
넘어진 나를 일으키는 것도 감정이야.
싸우면서 큰다는 말, 이럴 때 쓰는 말 같아.
이기기도 해보고 져보기도 해보고 옥신각신 티격태격하면서 감정과 잘 지냈으면 좋겠어.

모기도 나를 물지 않으면 한집에서 살만하거든.

감정과 친해지기 어려운 건, 감정의 얄궂은 성격 때문이야.
어느 땐 한없이 말랑말랑, 기분 좋은 아이 같다가도
별것 아닌 말에도 툭 삐쳐서 토라지는 소녀 같기도 하고.
어느 때는 사탕보다 달콤하고,
어느 때는 한약보다 더 쓰고,
어느 때는 쓰담쓰담 부드럽다가도
어느 때는 회초리보다 더 따갑고
제멋대로 아양을 부렸다가, 화냈다가, 싸우자고 덤볐다가
하늘로 붕 띄웠다가도 손톱보다도 더 작은 존재로 만들었다가
나 힘들다고 토닥토닥 쓰담쓰담 안아주는 어른스럽기도 한
감정의 성격, 이젠 알겠지?

마음은,
가란다고 멀리 가고,
오란다고 내게 오고
머물러달란다고 곁을 지켜주지 않아.

마음은 저 좋은 대로 흘러 다니는 거라

문만 열어놓으면 자유롭게 나를 찾을 거야.
마음이 급해 너무 가까이서 보려고 하면
되레 초점이 안 맞아 봐야 할 것도 보이지 않아.
멀리서 풍경을 봐야 더 크게 담을 수 있듯이
사람도 거리를 두고 멀리서부터
마음의 간격을 조금씩 조금씩 좁혀간다면,
한 번에 다가갔을 때 휙휙 지나친 것들도 담을 수 있고,
그 안에서 보고 느끼는 재미가 가득할 거야.

미워하면 내 마음이 아프고,
미워하는 걸 드러내면 적이 생겨.
그럼, 미워하는 마음과 미워하는 적,
두 개의 무거운 마음의 등짐을 지고 가야 해.

미워하는 마음은 녹이 슬어버린 못에 찔린 것과 같고
미워하는 적은 녹슨 못이 만들어낸 염증과 같으니
녹슨 못일랑은 얼른 빼버리고 염증 위에는 약을 발랐으면 좋겠어.
나를 위해, 오롯이 나를 위해서, 말이야.

나를 사랑할수록 커지는 행복 박스

미운 마음을 흘려보내는 것은 말처럼 쉽지 않아.
하지만 내 안에 미움이 씨앗을 뿌리고 뿌리를 내리면
미워하는 것이 나의 성격이 될 수도 있어.

미움은 뿌리도 튼튼하고, 줄기도 강하고 번식력도 좋아서
내 마음의 텃밭에 한 번 심어지면 마음 밭을 다 차지하거든.
쉽진 않지만 미운 마음은 흐르는 강물에 흘려보내는 걸
연습해보자.

요즘 땅값이 얼마나 비싼데 미운 사람이
내 마음 밭을 차지하게 할 수는 없잖아.
내 마음 밭의 주인은 나니까 주인 노릇 잘해야지.

즐겁고 행복한 사람만 초대해서
내 마음 밭에는 행복 열매만 맺히면 좋을 것 같아.

미움이 많은 사람의 특징은,
처음에는 그럴싸한 논리로 상대와 싸우는 것처럼 보이지만,
상대가 없어지고 나면 결국 나와 싸워서 나를 괴롭히고,
마르지 않는 미움 샘물 때문에 끝없이 미워할 대상을 찾는 특징이 있어.

미움이 다가올 때 비켜주는 연습을 하지 않으면
내 마음에 찰싹 붙어 뿌리를 내리고
깊이 박혀버린 뿌리는 내 마음을 서서히 물들이다가 결국
나 자신을 썩게 만든다는 거, 잊지 않았으면 좋겠어.
상대가 아닌, 나를 위해서, 말이야.

가끔은 마음 시력도 챙겨줘야 할 것 같아.
세상은 마음 시력으로 보는 거니까.
마음 시력이 나빠지면 아무리 좋은 것을 봐도
흐릿하고, 왜곡되고, 가까이 있는 것도 잘 안 보이잖아.

몸의 시력이 떨어져 앞이 안 보이면 안경을 써서 교정하지만,
마음 시력은 시력이 떨어졌는지, 아닌지는 그 구별이 쉽지 않아서
우리 스스로 잘 돌보고 보살피지 않으면 알아차리기가 어려워.

처음부터 마음 시력이 안 좋은 사람은 세상이 뿌옇다고 생각할 테고,
서서히 나빠진대도 인지하지 못하면
불편이 무감각해져서 불편인 줄 모르고 한참을 살아갈지 몰라.

그러니 누군가의 결점과 단점만 보인다거나
요즘 들어 누군가의 험담을 많은 시간을 들여 늘어놓는 나를 발견한다면
이때, 나의 마음 시력은 괜찮은지, 꼭 돌봐주면 좋겠어.

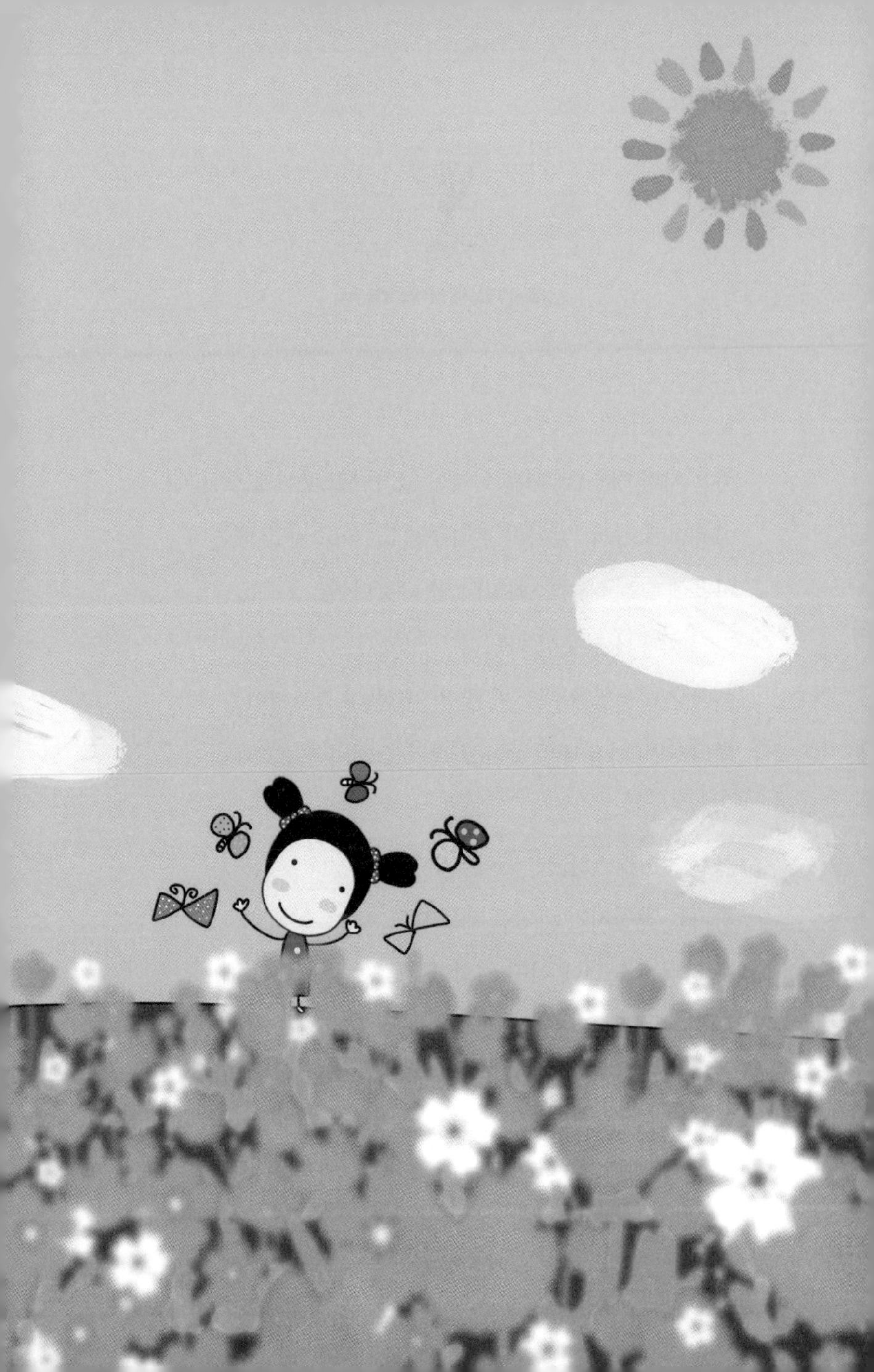

마음 시력 테스트: '미움'이라는 글자만 또렷하게 보일 때!
미용실에 가서 "알아서 잘라주세요."하고 말을 했는데
마음에 드는 헤어 스타일이 안 나왔다면,
그건 미용사 잘못이 아니라
어떤 스타일을 원하는지 말을 안 한 내 잘못이야.
왜냐하면, 미용사는 알아서 잘랐을 테니까.

물건이 고장 났을 때 봐야 하는 건,
하나는 건전지가 닳았는지를 보고,
또 하나는 물건에 어떤 결함이 생겼는지를 봐야 해.

차근차근 본다고 해서 많은 시간을 버리는 게 아니야.
이 시간이 아깝게 느껴진다면,

오히려 쓸만한 물건을 버리는 낭비를 하는 거야.
삶에서 문득 문제가 생겼다고 생각이 들면,
잠시 멈춰 서서 나와 내 주변을 둘러보면 좋겠어.
이 시간을 건너뛰고 넘겨버리면, 언젠가는 나를 버릴지도 몰라.

일이 생각대로 풀리지 않는다고 남 탓 세상 탓, 하지 말았으면 좋겠어.
일은 원래부터 풀리지 않을 때가 많은 거고
그 일은 푸는 것은 남도 세상도 아닌 오직 나만 할 수 있는 거거든.

타인과 문제가 생겼을 때 대화를 통해 오해를 풀듯이
세상이 문제라고 생각하면 세상과 이야기해 봐.
그래야 내가 세상을 오해하고 있다는 걸 알게 될 거야.

삶은,

나를 성장시키는 평생 무료 학교야.

어렸을 때, 다 될 것 같던 일이 커서 안 되는 것은,
어려서는 세상을 눈으로 보고,
커서는 몸으로 부딪쳐서야.

엄마가 해주는 밥을 먹고
아빠가 주는 용돈으로 군것질을 하고
월세 전세 걱정 없이 내 방 하나를
공짜로 얻어 쓰면서는 세상을 다 알 수 없어.

세상은,
내가 흘린 땀으로 돈을 벌고
내 손으로 밥을 해 먹고,
월세 인생을 벗어나는 게 얼마나 힘든지를 아는
그때부터가 진짜 세상을 만나는 건지도 몰라.

나를 사랑할수록 커지는 행복 박스

세상은 결코 느리지도 빠르지도 않은데
그저 정해진 제 속도로 가고 있을 뿐인데
세상이 빠르다고, 느리다고 느끼는 것은
세상이 아니라, 내 마음 시계가 빠르고 느려서인 건데
왜 세상 시계를 빠르게만 돌리고만 있는지.
우리,
내 마음이 바쁠 때는 세상도 바삐 뛴다고 느끼게 되고
내 마음이 여유로울 때는
모난 곳 없이 둥글게 천천히 돌아간다고 생각하는 거니까.
가끔은 마음 시계도 돌봐주자고.

사는 게 다 그렇잖아.

살자고 하면 살아지지만
잘 사는 건 힘든 문제야.
잘 살고 싶다고 욕심이 끼고 가면
욕심 때문에 두려움과 불안함, 부정감정이 생기기도 하고, 말야.

사기꾼의 말이 그럴싸하게 들리는 건,
내 욕심이 사기꾼의 말을 멋지게 포장지를 씌워서래.

그러니 내 발로 불안함도 두려움도 욕심도 꾹꾹 밟고 똑바로 서면,
어느새 부정감정이 퇴비가 되어 내 마음의 새싹을 틔울 수 있으니까
우리 그냥 살지 말고, 욕심 없이 잘 살자.

힘들 때는 자리를 가리지 않고 앉게 되고
배고플 때는 그 모든 음식이 산해진미로 보여.

마음이 약해질 때 우리는,

후회할 내일을 생각 못 하고 오늘 다 써버리게 되고
삶의 시력은 물론 모든 감각이 무뎌지게 돼.
그래서 해 질 녘엔 의자를 사지 말고
배고플 때 시장을 피해 돌아가라고 했나 봐.

그거 알아?
시선을 조금만 바꾸면 세상이 다 바뀌어.
도무지 이해 안 되던 일에 고개를 끄덕이게 되고,
미운 마음이 스르르 녹아 촛농처럼 흘러내리고,
상처받은 자국 위로 새살이 돋아나고,
송곳 하나 들어가지 않을 것 같던 틈 사이로
나무 한 그루가 심어지고, 마른 땅 위로 꽃밭이 생길 수 있어.
그게 어느 쪽이냐고?
'나를 위한 마음 쪽!

가끔이라도 나에게 기회를 줬으면 좋겠어.

슬플 때 베개를 다 적시도록 울 기회,

즐거울 때 목젖이 보이도록 웃을 기회,

아플 때 아프다고 소리 지를 기회,

이렇게 나의 감정을 솔직하게 흘릴 기회를 주면 좋겠어.

나를 사랑할수록 커지는 행복 박스

그냥 솔직해지자.

힘들면 힘들다고 말해도 되고,

아프면 아프다고 말해도 되고,

화가 나면 화난다고 말해도 돼.

감정을 억누르면,

솔직해지는 방법도 솔직하게 전하는 기술도 알 수가 없어.

감정은, 조각조각 작고 얇을 때 버리기가 쉽지,

부피가 큰 건 밖으로 꺼내기도 쉽지 않거든.

솔직해지면 알 수 있어.

솔직한 마음이 잘못이 아니라,

솔직하게 전하는 방법이 잘 못 됐다는 걸.
그동안 기회를 놓치고 버리고 잊고 못 챙겨서
아픈데도 아프다고 말하지 못한 나에게
아무 말 않고 토닥토닥 쓰담쓰담 예쁜 손이 돼주면 좋겠어.

그동안 참고 참고 또 참았던 캔디 같은 내가
홀로 마음을 감싸고 혼자 울고 있다면
마음도 감기에 걸릴 수 있다고 말해주는 고운 입이 돼주면 좋겠어.

내 마음이 아프면 결국 내가 아픈 거니까.

아주 간단한 말 정도는 건네며 살자.
친구에게 안부를 건네듯이 별로 힘들지 않게,

몸이 아프면 병원 가서 주사 맞고
약국 가서 약을 사 먹어야 한다는 걸 알면서
왜 마음이 아프면 '참아라, 이겨내라'
남보다 못한 말을 왜 나에게 하는지 모르겠어.

보이지 않는다고 보지 않으면,
보이기 시작할 때 감당할 수 없는데, 말이야.

우리의 몸은 마음과 뿌리처럼 연결돼 있어서
마음에 열기가 오르면 몸에서도 열이 나고,
마음에 감기가 들면, 몸은 기침을 쏟아내는 거야.

그러니까 가끔은 나와 마주 앉아
아주 작은 대화라도 마음의 눈을 바라봐 주며 말을 건네면 어떨까?
생각하지 말고 마음을 함께 느껴주는 것만으로도
차갑게 굳어 있던 내 마음이 촛농처럼 녹아 흐를 거야.

무거운 걱정을 메고 정신없이 바삐 가는
개미를 보는 나처럼

나보다 더 큰 존재가
걱정을 메고 가는 나를 본다면 아마도

내가 개미처럼 보일 거야.
지금 겪는 걱정, 근심, 괴로움의 등짐은
어느 먼 훗날엔 점으로 보이거나 잊힐 거니까
지금 둘러멘 삶의 무게로
나를 작게 보지 말았으면 좋겠어.

언젠가 시간이 지나면
씩씩하게 이겨낸 난 지금을 계단 삼아 훌쩍 성장해 있을 테니까.

어떤 사람은 장애물을 성장의 기회라고 말하고
어떤 사람은 장애물을 넘을 수 없는 장벽이라고 말해.
똑같은 모양, 똑같은 위치에 있는데 다르게 보이는 것은
마음의 눈이 긍정으로 보느냐 부정으로 보느냐의 차이야.
지금의 위기도 긍정적인 마음으로 대한다면,
위기는 삶의 놀이가 될 수도 있어.

슬플 때 손을 잡아주는 친구가 옆에 있다면,
기쁠 때 손뼉을 쳐주는 친구가 곁에 있다면,
울적할 때 내 말을 들어주는 친구가 있다면,
그 친구가 나라면,
나는 외롭지 않을 거야.

나의 오른쪽과 왼쪽은 매우 친해서
오른손을 다치면 왼손이 팔을 걷고 다친 손을 돕고
왼발이 다치면 오른발이 왼발에 쉬라고 다독여 줘.

나의 몸은 나의 마음과 둘도 없는 친구라
내가 힘들 땐 따스한 손으로 나를 매만져 위로해 주고,
내가 기쁠 땐 그 누구보다 먼저 달려와 잘했다고 말해줄 거야.
왜냐하면, 우리는 하나로 연결돼 있으니까.

좋은 것과 나쁜 것은 때로는 한 끗 차이이기도 하고,
어느 때는 반 끗 차이도 나지 않을 때가 있어.
그런데도 우리는 한 끗 차이에 웃고, 반 끗 차이에 울기도 해.

멀리서 보면 작은 풀은 보이지 않듯이,
좋은 것 나쁜 것도 마음에서 자라는 들풀과 같아서
때로는 멀리서 바라볼 필요가 있어.
그럼 작은 일에 울고 웃지 않을 수 있어.

등짐에 등짐을 얹으면

넘어져

생각에 생각을 얹으면

머리 아파

욕심에 욕심을 얹으면

힘들어

등짐을 하나 더 가지고 가야 한다면,

생각을 한 번 더 해야 하고 욕심을 내야 한다면,

일단 멈추고 숨 고르기부터 해.

씁씁후후 씁씁후후

나를 사랑할수록 커지는 행복 박스

정작,

나무에서 떨어진 원숭이는 나무로 다시 올라가기 바빠

원숭이는,

자신을 자책하지도, 원망하지도, 비난하지도, 창피해하지도, 부끄러워하지도… 않아

나무는

늘 타는 거고 또 타면 되니까.

이게 바로 원숭이에게 우리가 배울 점이야.

괴로움과 고민은 우리의 삶에 놓인 장애물인 거야.

그리고 그 장애물을 넘을 때마다

우리는 소중한 경험치를 하나씩 선물 받는 거야.
당장 힘들다고 장애물을 피해 돌아가면
언젠가 다시 만났을 때는 그때보다 더 크게 느껴질 테니,
위기가 깊을수록 더 큰 성장이 기다려 준다고 긍정의 마음으로 가지고
비록 넘어지더라도, 못 넘을지라도, 피하지는 말자.

부정적인 감정은, 감염 속도가 빠른 독감 같아서
나와 내 주변의 기분까지 모두 옮겨버리는 힘을 갖고 있어

부정적인 감정은, 어둠의 손을 갖고 있어서
캄캄한 곳으로 잡아끌어 나 자신을 외롭게 만들어.

부정적인 감정이 다가오는 순간,
기분이 태도가 될 수도 있으니까, 무조건 조심!
부정적인 감정은 아마도 내가 만든 감옥일지 몰라.

사람들이 색안경을 끼는 건 자신만의 경험밖에 없어서
그런 거야.

편견은 내 생각대로 남을 바라보는 색안경 같은 거야.

그래서 벗어던지고 다시 세상을 보면

그제야 세상이 얼마나 다양한 색을 품고 있는지 알게 될 거야.

힘들 때 몸은 잠이라도 자지,

마음은 언제 잠을 자나?

나를 사랑할수록 커지는 행복 박스

화장도 잘됐고, 앞머리도 잘 말렸고, 옷도 맘에 드는 날씨가 너무 좋은 날
문만 열면 밖을 나갈 수 있는데 문고리를 돌릴 힘이 없어서 … 못 나갔어.

그런 날 있잖아,
나가면 되는데, 나가기만 하면 되는데, 나갈 수 없는 날

그런 날은,
좀…
쉬라는 뜻인 거야.

그러니까 아프지.

만날 아프단 말을 달고 살지.

아프지도 않은데 아픈 것 같지.

안 아프다고 하는 날이 더 이상한 거지

괜찮은 날보단 괜찮지 않은 날이 더 많지.

눈치 보라고 있는 눈, 아냐,

막말 들으라고 달린 귀, 아냐.

냄새나면 코, 콱 틀어막아도 되고,

기분 나쁘면 손으로 탁 쳐 뿌리쳐도 돼.

다른 사람 기분 살피라고 있는 너, 아냐.

눈코입귀, 내꺼야.

머리 어깨 무릎 발 다 내꺼야.

니꺼 남에게 주지 마

그러다 진짜 병나

눈코입이 있다고 생긴 게 똑같지 않아.

손발이 있다고 길이가 다 똑같지 않고, 같은 강의 듣는다고 등수가 똑같을 순 없어.
같은 옷을 입었다고 느낌이 똑같나?
똑같은 화장품을 썼대도, 같은 차를 탔다고 해도 얼굴도 목적지도 다른걸.
우린 참 비슷하게 사는 것 같아도 우리는 정말 다 다른데, 왜 자꾸 같다고 착각하는지 모르겠어.

대나무는 생각하지 않아도 저리 키만 큰데
다람쥐는 생각하지 않아도 저리 잘 달리는데
꾀꼬리는 생각하지 않아도 저리 목청만 좋은데
하늘은 생각하지 않아도 저리 높기만 한데
강물을 생각하지 않아도 저리 잘만 흐르는데
구름은 생각하지 않아도 저리 두둥실 자유로운데

나는 왜 이리 생각이 많은 걸까?

이제,

너 하고 싶은 거 다 해

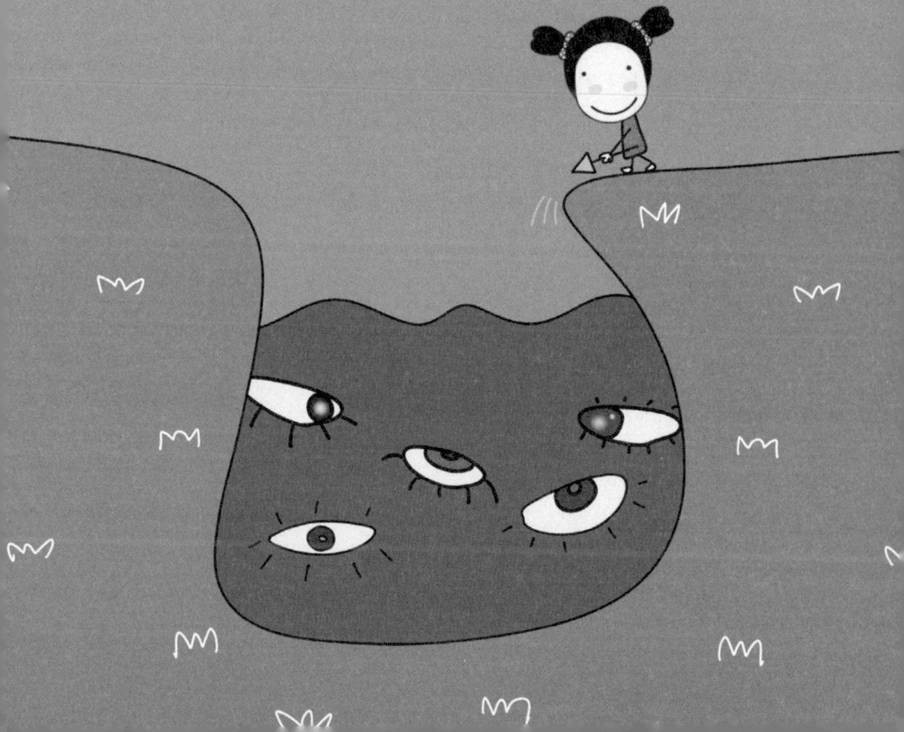

'나 아이스크림 먹고 싶어!'
당당히 말하던 5살 때, 되게 멋졌어

'선생님! 저 쉬 마려워요!'
벌떡 일어나 소리 치던 6살 때, 용기 있었어.

'까짓 방방이, 난 텀블링도 되는걸'
보기 좋게 미끄러지던 7살 때, 영화 같았지

'우리 반을 위해 반장이 되겠습니다!'
인생에서 첫 낙선, 8살 때, 패기 만점!

둘 겹겹이 새겨지면, 그게 길이 되듯이

뜬구름 잡는다고 생각하지마.

생각도 하지 않으면 꿈은 없는 거야.

꿈을 이룬 사람들은 알고 했나?

다 모르면서 희미한 한가닥 붙잡고

안 잡히는 뿌연 실구름 잡고 가는 거지.

그러니까 그냥 가.

욕먹어도,

비웃어도,

걷기도 하고, 쉬기도 하고.

힘 되면 달리기도 하고.

바라고 원하고 소망하는 게 뭐 어때서?

이제 하기만 하면 되는데.

길이 없는 길에 발자국이 하나둘 겹겹이 새겨지면, 그게 길이 되듯이

길은, 처음부터 만들어진 게 아니라 누군가 만드는 거니까
나도 내 길 하나쯤은 만들어 보고 싶어.

내가 하고 싶은 꿈의 길
내가 가고 싶은 여행길
내가 만나고 싶은 관계 길
내가 넘어보고 싶은 모험길

발길 닿는 대로 눈길 가는 대로
살면서 해보고 싶은 거 해보고, 안 해본 거 다 해보는 그 길이 바로 인생길이잖아.

나의 감정 주머니

있는데 없다고 생각하니까, 없는 거지
없는데 있다고 생각하니까, 있는 거고
그게 워낙 마술? 마법? 요술?
암튼 워낙 요물 같은 거라서…

있는데 없다고 생각하면, 사라지고
없는데 있다고 생각하면, 나타난다.

행복, 이거 아주 요물이야.

눈치 보지 마. 옆도, 뒤도 보지 말고
불안해하지도 두려워하지 마.

걱정은 발밑에 탁 내려놓고

이제부터, 시작!!

사람들은 꿈을 말할 때

너무 작은 것은 꿈이 아니라고 말하고

너무 큰 것은 뜬구름 잡는다고들 말들 해.

그런데 꿈은,

사람들이 평가하는 게 아니라

내가 지금 원하는 것이 무엇인지 아는 것이 중요해.

꿈을 이룬 사람들도 꿈을 꾸는 것을 먼저 했으니까

되도록 많은 꿈을 꾸었으면 좋겠어.

바라고 원하고 소망하는 게 뭐 어때서?

이제 이루기만 하면 되는데!

절대 겁내지 마, 누구나 처음은 다들 모르니까.

정답대로 가는 게 아니라, 가다 보면 답을 찾을 수 있어.

몰라서 무섭고 겁도 나지만, 해보면 그리 어렵지만도 않을 수 있어.
하기 전에는 아무도 몰라.

하고 싶은 일이 있다면 하면 돼.
그러다 아니다 싶으면 고치고, 다시 가고, 멈춰도 돼.
하고 싶은 게 있는 게 문제가 아니라
하고 싶은 게 없는 게 문제니까.

그 어떤 것도
선택했다면 후회하지 마.
그런데도 자꾸만 몰려드는 후회가 나를 괴롭힌다면
선택을 잘하는 연습부터 하면 돼
잘한 선택은 앞으로 나가고,
미련을 두는 선택은 후퇴를 하니까.
딛고 일어나면 성장이고, 넘어지면 아픔이라는 말처럼.

과거, 현재, 미래가 합쳐서 내가 존재하고

과거는 얽매이지 않을 때,

현재는 지금 여기에 머물 때,

미래는 걱정을 버릴 때,

비로소 행복으로 단단해진 내가 있는 거야.

그거 알아?

다 잘할 수도 없지만 다 못하기도 어렵다는 거.
똑바로 걸었다면, 비틀거릴 때도 있고
꿋꿋이 서 있었다면 쓰러질 때도 있는 거고, .
괜찮게 살았다면 안 괜찮을 때도 있는 거야.

다 완벽할 수도 없지만
다 틀리기는 더 어렵잖아.

우리는 그렇게 어제가 만든 빈틈이 있고, 그 빈틈 때문에
빈틈을 메울 오늘이 있고, 내일이라는 만회의 기회가 주

어진 거야.

지금 내가 보는 것은,

지금까지의 내 경험의 시각이야.

일 년 전 일어난 일이 지금은 아무렇지 않듯이

지금의 문제도 일 년이 지나면 생각도 나지 않을 거야.

당장 문제가 생겼다고 나 자신을 흔들면

내일을 살아갈 힘이 떨어질 수 있어.

그러니 눈에 보이는 것은 눈에 보이는 것일 뿐,

내 안에서 큰바람을 일으켜 나를 흔들지 않았으면 좋겠어.

우리의 몸에 밴 것을 습관이라고 하듯이

사회에도 오랫동안 내려오는 관습이 있어.

그 안에는 옳은 것도 있고, 틀린 것도 있고

고칠 것도 있고 남길 것도 있어.

나조차도 몸에 밴 습관을 바로 고치기란 어려운 것처럼

사람들도 옳지 않은 줄 알면서도

오랫동안 내려왔다는 것만으로도 몸 밖으로 내보내기가

쉽지 않아.

그러니 많은 사람이 받아들인다고 해서

많은 사람이 따른다고 해서

그것이 반드시 옳은 것이나 진실일 수는 없으니까

남들이 말하는 '예'와 '아니오'에 흔들리지 않았으면 좋겠어.

Chapter 04

잃어버린 행복 박스를 찾아서

근심은 바람에 날려버리고

걱정은 구름에 실려 보내고

고민은 강물에 흘려보내고

후~~~

아, 이제 행복만 남았다!

잃어버린 행복 박스를 찾아서

행복이라는 말은,

기분 좋을 때 들으면 한없이 백사장에 펼쳐진 모래알보다 가볍지만, 그렇지 않을 때는 엄습하는 방파제 돌무더기와 같이 감당할 수 없는 무게로 다가옵니다. 이렇게 생각을 하고 보니 형체도 없고 향도, 무게도 정확지 않은 행복에 너무 많은 생각과 애를 쓰며 좇고 있는 건 아닌가, 하는 생각이 들기도 하고, 한편으로는 행복은 다루기 쉬운 녀석이겠다는 만만한 생각도 듭니다.

긍정 마인드을 측정하는 흔한 비유로,

물컵에 반이 든 물 이야기 들어보셨을 겁니다. 그저 컵 안에 든 물을 보고도 어떤 사람은 반이나 차 있고, 어떤 사람은 반만 차 있고, 또 어떤 사람은 반이나 남았고, 또 다른 사람은 반도 안 남은 물이 됩니다. 여기에서 느껴지는 것은 물이 남고 모자라는 기준은 바로 나 자신에 달려있다는 겁니다.

제가 생각하는 행복은, 지극히 이기적이고 지독하게 주관적인 행복입니다.
저의 행복의 관점이 담긴 이야기를 하나 해드리겠습니다. 아는 지인으로부터 커피 원두와 수동 그라인더를 선물을 받았던 어느 날이었습니다. 문득 커피 한 잔을 행복하게 마시고 싶은 마음에 컴퓨터 책상을 요란스레 정리하고는 구입한 지 얼마 안 된 매트를 깔아 멋을 한껏 낸 후 머그잔과 여과지까지 꼼꼼, 챙겨 커피를 즐길 만반의 준비를 하였습니다. 물을 채운 커피포트의 버튼을 눌러 놓고는 원두 밀폐 봉투를 개봉했는데 그 순간, 올라오는 커피 향에 '이게 바로 행복이구나.'라는 생각이 들었습니다. 이 행복을 이어가기 위해 수동 그라인더 뚜껑을 열었습니다. 그런데 뚜껑이 어찌나 꽉 닫혀있던지 커피포트 안에서 물이 끓어 전원이 멈추도록 뚜껑은 열릴 생각도 없는 듯 보였고, 급기야 그라인더와의 씨름 한판이 벌어졌습니다. 결국, 끝내 열리지 않은 수동 그라인더 때문에, 커피는 온데간데없이 사라지고, '커피 한잔을 먹으려고 이 모든 부산을 떨었다니!' '이게 다 저 그라인더 때문이야!' '아, 왜 저런 건 줘서…' 욱하고 치민 화가 짜증이 되고 불만으로 터져 나와 청소 탓, 그라인더 탓, 급기야 선물한 사람을 원망하는 나와 마주하게 되었습니다.

그때 알았습니다,
행복과 불행은 같은 연속선에 있고, 느끼고 다루고 의미를 둠에 있다는 것을요.
마음먹은 대로 커피를 마셨다면 그날에 이루고 싶은 행복을 다 이뤘다고 생각했을 테지만, 설령 커피는 못 마셨대도 덕분에 컴퓨터 책상을 정리했다는 것만으로도, 원두의 고소한 향을 느꼈다는 것만으로도, 언젠가 툭하고 열리는 어느 날을 위해 행복을 저축했다는 생각만으로도, 이 모두가 행복이었을 텐데, 저는 그라인더 뚜껑이 열리지 않는다는 것 하나를 두고 모든 행복한 순간을 연쇄적으로 파쇄하고 있었습니다.

행복은 순간순간 존재했었는데도, 말입니다

삶 중에,

어느 한 날 특별하지 않은 날이 없듯이 행복도 특별한 순간에 찾아오는 것이 아니라, 느끼는 그 순간 곁에 있는 것이 행복 아닐까요? 제가 말한 '지극히 이기적이고도 지독하게 주관적인 행복'은 바로 나를 위한 시간 속에 사는 것을 의미합니다. 왜냐하면 모든 지나가는 것에 의미와 가치를 두는 순간 행복은 머무르고 시간은 살아나기 때문입니다. 컵의 반쯤 차 있는 물을 두고 반이나, 반만, 반씩, 반도, 반뿐, 반밖에 라고 말하는 것 모두 의미에 해당합니다. 그 어느 것을 고른다고 옳고 그른 것은 없지만, 나를 위해 어떤 것을 선택하는 게 좋을지는 분명 어려운 질문이 아닐 것입니다. 어제와 오늘, 그리고 내일이 끊임없이 연결돼 있듯이, 행복도 의미를 부여하는 순간 가치와 연결되고, 그것이 결국 행복으로 이어집니다.

행복은,

생각을 조금만 바꾸고

작은 의미와 가치를 부여할 때 나에게 다가온다는 사실,

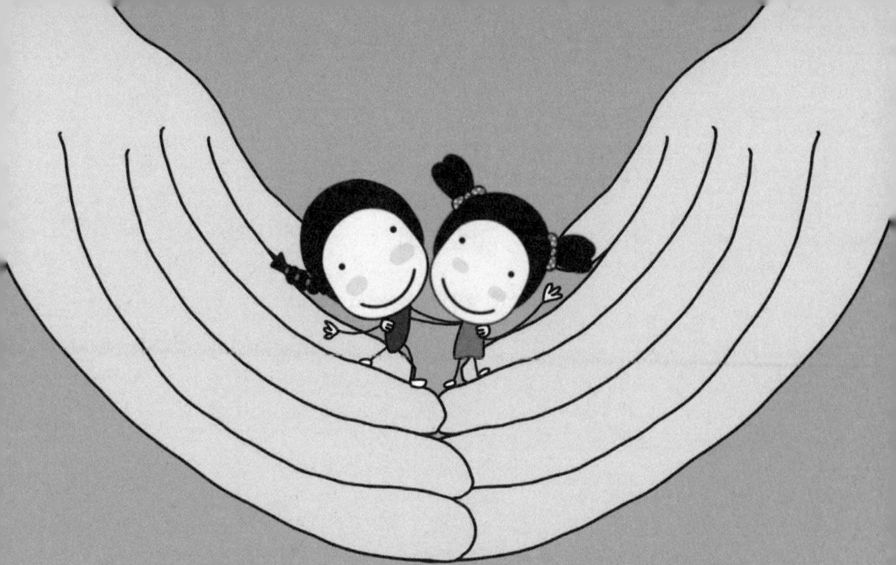

잃어버린 행복 박스를 찾아서

잊지 마세요!

번지 점프를 하는 방법은?

그냥 뛰어내리면 돼.

걱정이 앞서면 다리가 떨어지지 않고,

두려움이 앞서면 눈이 떠지지 않으니까.

처음 시작할 때 겁이 날 수 있어.

겁에, 잘하려는 마음이 보태지면,

겁은 눈덩이처럼 커져서,

어느새 새로운 도전과 모험이 장애물처럼 놓이게 되는 거야.

삶의 눈금을 1mm, 1cm로 나누지 말고 간격을 훨씬 더 넓힌다면,
시작하는 모든 일이 즐거운 기회로 만들 수 있어.

걱정과 두려움보다,
'이번이 아니면 언제 또 해보겠어!' 하는 가벼운 마음으로 즐긴다면,
점프대에서 뛰어내려야 한다는 두려움보다,
하늘을 나는 경험을 갖게 될 거야.

사노라면, 우리의 삶이 번지 점프처럼 두렵고 무서운 거 투성이지만,
태어난 김에 하늘을 날 수 있는 한 번의 기회가 왔구나, 하고
생각을 조금만 바꾼다면,
아마도 삶은 하늘 위로 붕~ 날아보는 멋진 경험으로 바뀔 거야.

어렸을 때는 아는 게 없어도 용기만으로도 뭐든 했잖아.

그러니까 무모해도 도전해 봐.

첫걸음만 떼면 빠르든 느리든, 그 끝에는 결과가 기다리고 있고,

그게 설사 실패라 해도 다음으로 연결하는 다리가 돼 줄 거야.

만일 앎이 용기를 방해한다면, 그건 내 삶의 손해라는 거 잊지 마.

때로는 툭하고 나오는 즉흥이 용기를 끌어내는 또 다른 힘이 될 수 있으니

무언가 마음에서 하고 싶은 게 일어난다면 한 번 행동해봐,

아마도 나의 또 다른 모습을 만날 수도 있을 테니까.

행복은,

생각보다는 마음으로

특별함보다는 사소함에

앞으로 보다는 지금부터

플러스보다는 마이너스로 계산할 때 느는 거야.

놀이터에서 아이들이 땀을 뻘뻘 흘리며 노는 것처럼
적당히 놀 듯이 세상을 살았으면 좋겠어.
노는 거 재밌잖아.
숨이 턱까지 차올라도, 누구의 응원이 없어도.
칭찬이나 인정, 시선에서 벗어나 자유롭게
나만의 행복한 독방에서 오롯이 나만 느끼며
경직된 자세는 풀고 긴장한 표정은 확 날리고
세상을 즐겁게 놀았으면 좋겠어.

놀이터에서 바로 친구 될 용기
아끼는 장난감을 선뜻 내어줄 용기
좋으면 목젖을 보이며 웃을 용기

싫으면 얼굴을 찌그러뜨릴 용기
배고프면 배고프다고 말할 용기
땀 뻘뻘 흘리며 신나게 놀 용기
아무것도 묻고 따지지 않을 용기
보고 싶다고 소리치며 말할 용기
즐겁고 행복한 일에 집중할 용기
어제도 내일도 아닌, 오직 지금만 살 용기

그런 용기가 필요한 지금, 궁금한 하나!
'어릴 적' 필요 없던 용기가 왜
키도 마음도 더 큰 '어른 적'에 사라진 걸까?

세상에는
알아야 할 것은 최선을 다해 아는 게 맞지만
몰라도 되는 것은 모른 채 사는 게 답인 것 같아.
그중 행복이 그래.
행복의 실력은
아는 것보다 모를수록 쌓이거든.

지금은 알잖아.

그냥 훌쩍 시간이 지나 정신없이 어른이 되었다는 걸.

스무 살만 되면! 스무 살만 되면!

빅뱅이 일어날 것처럼 스무 살만 기다렸는데,

스무 살 지나 또 정신없이 바쁘게 살게 된다는 걸.

그래서 삶의 예쁜 장면들을 다 놓치고, 흘리고

찬란한 빛이 내 머리 위를 비추는 줄도 모른 채 뿌연 안개

속으로 달리고

감격스러운 말, '지금, 이 순간'

을 한 번도 말하지 못했다는 걸.

행복을 내일에 두고 달리는 게 아냐.

행복은 오늘 느끼는 거야.

행복을 너무 거창하게 생각하지마.

행복은, 좋은 공간에서

좋은 사람과 만나 좋은 말을 나누면서

좋은 시간을 나눌 때, 그게 행복이더라.

좋은 사람이 짓는 좋은 표정을 보면서 따라 하고,
좋은 사람의 말 속에서 기분 좋은 단어를 새기고,
너무 뜨겁지도 차갑지도 않은 따스한 온돌방 같은
시간과 공간과 만남이 주는 행복한 온도로 느끼면
단단하게 굳어버린 마음 근육이 풀어지면서
차디차게 식어있던 감정은 녹더라고.

행복은 오늘만 잘 느끼면,
약속하지 않아도 또 나타나 주더라.

행복. 답 없어.

진심으로 온몸이 웃고 있다면

그게 행복이야.

잃어버린 행복 박스를 찾아서

즐거운 유머와 웃음이 있는 대화가 참 좋아.
유머는,
괜찮은 척, 단단한 척, 센 척, 이런 척척척들 척척 해내느라
여기저기 단단하게 뭉친 근육에 시원하게 풀어주고,
웃음은,
두꺼운 가면과 짙은 화장 다 지워내고
민낯으로 만나도 전혀 부끄럽지 않게 하니까.

살면서 이 약 저 약, 이 병원 저 병원 가 봤지만,
유머와 웃음이 제일가는 비타민이고 치료제더라고.

이런 사람들이라면

라면 한 그릇도 고급 음식점 요리가 부럽지 않고,
남루한 공간도 해외여행 못잖게 즐겁고 신나는 여정이 되니
좋은 사람, 좋은 유머와 웃음, 좋은 대화를
삶의 버킷리스트 제1번으로 삼아보면 어떨까?

돈 안 들이고 황금 같은 행복을 얻고 싶다면?
이쁜 말 고운 말을 하는 사람과 만나서
즐겁고 유쾌하고 따스한 대화를 나누면 돼.

같은 말이라도 향기 나는 말을 하기로 하자.
말은 귀에 닿는 게 아니라 마음에 닿는 거니까.

친구의 어려운 고민을 듣게 될 때
네 삶에 초대해줘서 고맙다고 말하면
다음에는 나의 초대에도 한걸음에 달려와 줄 거야.

그런 사전이 있었으면 좋겠다.
세상에서 가장 아름답고 따스한 온기가 스며든 언어 사전.

지식의 언어보다는 지혜로운 말이 가득하고
눈물을 웃음으로 바꿔주는 마법 사전.
그럼, 힘들다는 친구에게는 호랑이 힘이 솟게 하고
외롭다는 친구에게 따스한 난로가 돼 주고
열심히 사느라 지친 나에게도 위로가 될 텐데.
난 그 어떤 부자보다 아름다운 말 부자가 좋더라고.
돈을 버는 부자보다도 마음을 얻는 언어 부자, 말이야.

싸우고 헤어진 친구가 오랜만에 연락이 와서
'잘 지냈어?'하고 묻는다면,

어색해진 친구가 어느 날 문득
'커피 한잔할래?'라며 말을 걸어온다면,

마음에서 멀어진 친구가 어느 늦은 밤,
'갑자기 네가 생각나.'라고 말한다면,

그건 '미안해'라는 말일 거야.
우리는 저마다 '미안해'의 다른 표현도 갖고 있거든.

내 밥그릇이야

'벙어리 3년, 귀머거리 3년, 장님 3년.'
말을 하기보다는 말을 들어주는 입이 되어주고,
말을 흘리기보다는 담아주는 귀가 되어주고,
본 것을 못 본 채 무안함을 덜어주는 눈이 되어준다면,
그 친구는 너에게 엄지 척을 아끼지 않을 거야.

말 한마디에 천 냥 빚도 갚는다, 는 속담에서 알 수 있듯이
언어의 힘은 너무너무 큰 것 같아.
언어는 잘 다루면 관계의 다리가 되고
잘 못 다루면 날카로운 칼날이 될 수도 있잖아.

천 냥이 현재 가치로 환산하면 5~7천만 원 정도나 된다

고 하니
얻으면 로또고, 잃으면 두고두고 복통으로 남겠지?

나의 단어는 '인성'이고 나의 문장은 '인격'이니까
나의 성장을 위해 돈 안 들이는 재테크,
'언어의 힘'에 투자해 보는 건 어때?

말하는 사람은 속말이 가진 의도를 기억하고
듣는 사람은 말하는 사람이 내뱉은 겉말만 기억해.

아무리 좋은 선물이라도 상대의 마음에 들지 않으면 선물이 아니듯,
좋은 의도를 품었대도 마음이 닿지 않은 말은
때로는 상대의 가슴을 찌르는 끝이 뾰족한 화살이 된다는 거 잊지 마.

세모난 모양에 물을 부으면 세모난 모양의 물이 되고,
네모난 모양에 물을 부으면 물은 네모 안에 차게 되듯이

그 사람이 품은 단어는,

지금까지 그의 삶의 경험이라는 모양이고,

이 모양은 또 다른 경험의 모양과 다 연결되어 결국 그 사람의 지금이 되는 거래.

그래서

모양 끝이 뾰족하면 말도 뾰족하게 나오고,

말이 뾰족하면 세상도 뾰족하게 보게 되고,

세상이 뾰족하게 느껴지면 자신의 살에 닿는 촉감도 뾰족하게 느끼게 되는 거라 하니,

거울 앞에 서서 나를 보자.

나는 어떤 모양인지.

관계는 거울 같아서

내가 하는 걸 상대가 따라 하고, 상대가 하는 걸 내가 따라 하게 돼.

내가 빙긋 웃으며 인사하면 빙긋 웃는 인사가 돌아오고,

고운 말을 쓰면 고운 말이 돌아오고,

상대가 예쁜 행동을 하면 나도 어떤 예쁜 행동을 할까 고민하게 돼.

나는 누군가에게 거울이 되고,
누군가는 나에게 거울이 되니

내가 원하는 게 있으면 먼저 해주면 어떨까?

치열하게 산 나에게는 토닥.
열심히 산 너에게는 쓰담.
너무나 안쓰러워 말이 닿지 않을 때는,
토닥과 쓰담이 주는 위로의 행동을 하자.

꼬불꼬불
울퉁불퉁

상대가 나를 향해 손가락질한다고 똑같이 손가락을 들지 마.
똑같은 사람 취급을 받을까봐 가 아니라,
그 사람에게 손가락질할 힘을 쓰지 말라는 거야.
어차피 그 사람은 내가 잘못을 해서 손가락질을 하는 게
아니라
그건 그 사람의 성격일 테니까.

무심코 툭 뱉어버린 말끝에 친구의 얼굴이 붉어졌다면.
그건 아마도 내 생각이 부족했기 때문일 거야.

말은, 듣는 사람 기준이라서 아무리 좋은 말이라도
상대의 마음을 상하게 한다면, 말의 힘이 떨어지게 돼 있

거든.

지우고 고칠 수 있는 글처럼, 말도 상대를 위하는 마음 창구를 거친다면,
진정한 친구를 얻을 수 있어.

어쩌면 우린 나무와 같은지 몰라.
땅속 깊이 내려진 뿌리로부터 기둥이 연결되고,
솟아난 가지 위로 수많은 잎새와 열매가 이어져 있는 나무.

나무처럼, 나무의 연결처럼
이토록 수많은 연결과 이어짐이 나를 만들고 우리를 만드는 거야.
그러니 원하든 원치 않든 그 연결을 끊고
나를 생각할 수도, 우리를 그릴 수도 없어.

내가 행복하면 세상의 숨이 되어 퍼지고,
우리가 행복하면 나는 영양분이 되어 세상을 건강하게 만든다는 거 잊지 마.

나와 내가 토닥토닥

우리 서로 쓰담쓰담.

행복은,

아침에 지저귀는 새소리가 즐겁게 들리고

하늘 위를 지나는 구름이 이뻐 보이고

만나는 사람과 반갑게 인사하고

헤어진 사람은 잊어주는 게, 그게 행복이야.

내 삶의 목표는,

아침부터 잠들 때까지 하루의 언어를

예쁘고 고운 감탄사로 꽉 차게 만드는 거야.

감정은 자석 같아서 생각하는 대로 붙는 거야.

그리고 번식력도 강해서 나쁜 건 나쁜 걸 낳고

좋은 건 좋은 걸 낳으니까

이왕이면 내 마음 자석에는

좋은 생각, 이쁜 감정, 따스한 기억만 붙었으면 좋겠어.

긍정
부정

세상을 보는 방법은,
그냥 이쁘게 보면 돼.

관계를 맺는 방법은,
그저 따스한 손을 내밀면 돼.

답은 매우 시시하고 대단하지 않은,
우리가 다 알고 있는, 바로 그거야.

세상을 사는 것은
의미가 있어서 사는 게 아니라
재미있게 살려고 의미를 부여하는 거고,

해야 할 일을 하기 위해 사는 게 아니라
즐겁게 살기 위해 할 일을 찾는 거야.

사는 건 태어나는 순간 이루어지는 거야.
정작 우리가 애쓰고 노력하는 건 행복하게 살고 싶어서야.

살면서,
생각이 많아지고 깊어질 때 행동이 움츠러들 때가 있어.
그건 생각이라는 우물 속에
두렵고 불안한 부정 감정의 적군들이 사이사이에 숨어있어서야.

가끔은 생각하지 말고 불쑥 즉흥적으로 살아도 좋아.
놀고 싶을 때 놀이터에 가서 놀고
마음에 드는 사람에게 '날이 참 이쁘죠?'하고 말도 걸어보고
계획에 없던 리본 핀을 사도 좋아.

생각하고 생각하다가 적군이 마음을 묶어버리면

이렇게 작은 행복은 나에게 오지 않거든.

그곳에 답이 있는 게 아니라

내가 있는 여기에 답이 있는 거야.

그토록 원해서 원하는 곳에 갔는데 막상 즐겁지 않은 건,

너무 멋지게 상상만 했을 뿐,

그곳에서 내가 무엇을 해야 할지 몰라서 그런 거야.

그토록 원하는 사람과 만나 행복하지 않은 건,

그건 그 사람과 내가 맞지 않아서가 아니라

나와 그 사람 사이를 메우는 게 행복이라는 걸 모르기 때문이야.

행복은, 그곳에, 그 사람에, 그 일에 답이 있는 게 아니라,

펼쳐진 과정을 어떻게 가느냐가 중요해.

동화 속, '왕자님과 만나 행복한 결혼을 하였어요!'

해피 엔드의 결과는 행운이지, 행복이 아니잖아.

진짜 행복은 행운처럼 만난 둘이
어떤 경험을 어떻게 만들어가느냐, 에 달려있어.

같은 말이라도 '아' 다르고 '어' 다르듯이
같은 언어라도 문장 부호만 바꿔놔도 달라지듯이
같은 문장도 언어 배열에 따라 완전 다른 뜻이 되듯이,

뜻대로 되지 않고 생각대로 되지 않아 불행하다고 느낀다면,
생각을 바꾸는 노력을 해보는 건 어때?

주변에 사람들이 없어 외롭다고 느껴지면,
사람들 주변으로 다가가서 말을 걸고,

나는 왜 이렇게 되는 일이 없지? 라고 느껴진다면
되는 일부터 해서 성공 사례 조금씩 쌓아 봐.

안되는 걸 도전해서 그렇지,
도전해서 되는 것도 많거든.

잃어버린 행복 박스를 찾아서

생각은 여유를 만났을 때 넓어지고,

여유가 자유를 만나면 생각이 깊어지고,

넓고 깊은 생각은 나에게 진정한 자유를 선물하더라고.

내 생각을 사방 10cm 상자에 가두어 놓으면

결국, 열심히 키워봐야 상자 크기밖에 될 수 없어.

오히려 방황도 해보고 놀기도 해보고

실패도 해보고 좌절도 해본 생각이야말로 나를 가두지 않아.

'참 잘했어요!' 도장 하나 예쁘게 파서

매일매일 나를 칭찬해주기로 하자.

아침에 알람이 울리기 전에 일어났다고 쾅!
어제까지 둘둘 말아 둔 이불을 정리했다고 쾅!
쓰고 휙 던졌던 수건, 빨래 바구니에 쏘옥 집어넣었다고 쾅!
휙 지나쳤던 사람에게 환하게 웃으면서 인사했다고 쾅!

크게 별일이 아니라도, 너무 작아 별것 없더라도
나에게 '참 잘했어요' 도장을 쾅쾅
쾅! 찍어서 선물해 줬으면 좋겠어.
왜냐하면
그렇게 늘어나는 도장만큼 내 삶이 달라질 거야.

생각지도 않은 날 오랜만에 친구가 안부를 물어오면
'그래도 참 잘 살았나 보네.' 하고 괜히 뿌듯해져.

좁은 골목에서 마주 오는 사람에게 내가 먼저 길을 내어 줄 때
'참 잘했어요!' 하고 씨익 웃게 돼.

식당에서 상위로 반찬을 깔아주는 아주머니에게
고개 숙여 고맙습니다, 하고 말을 할 때,
뒤 차에게 비상등 켜서 위험신호 알려줄 때,
친구에게 미안하다고 먼저 다가가서 사과할 때,
버스에서 벌떡 일어나 자리 양보할 때,
마트 계산대에서 급해 보이는 손님에게 먼저 계산하세요, 하고 자리를 양보해줄 때

이럴 때, 나는 내가 제일 괜찮아 보여.

행복해지고 싶다면 이렇게 주문을 외워봐.
아침, 굿
점심, 굿
저녁, 굿

그렇다면 오늘 내내 나이스!!

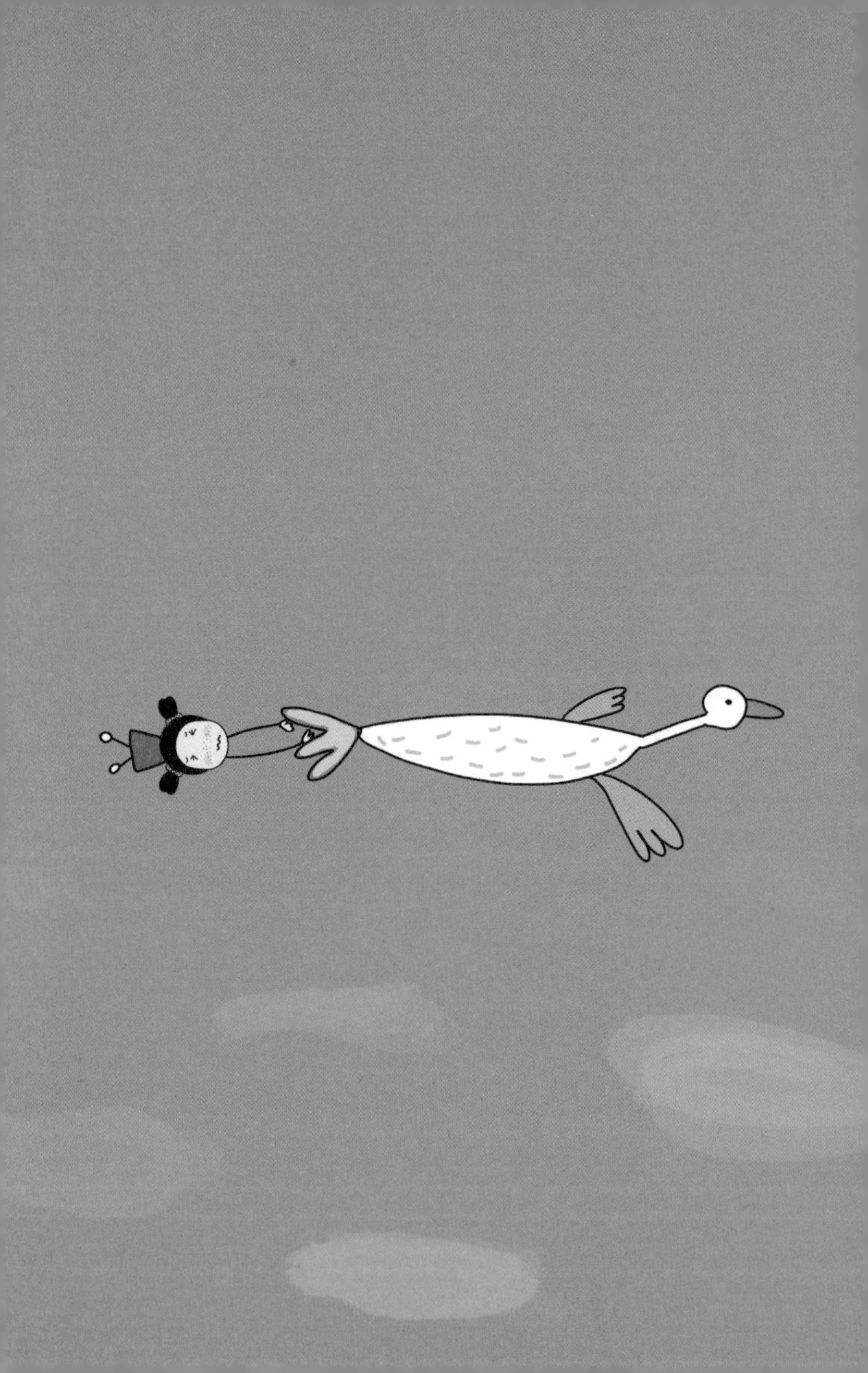

잃어버린 행복 박스를 찾아서

잘하지 않아도 돼, 기회는 오고 또 오는 거니까.
지금이 아니어도 돼, 내일도 모래도 또 있으니까.
다음을 기다리면 돼, 안 올 것 같지만 또 올 거니까.

넌
넘어질 때도 멋졌고,
실패할 때도 쿨했어.

난
무작정 널 믿었고,
무조건 니 편이고,
무쟈게 널 좋아해.

나는 늘 웃고 싶어.

웃을 때 힘든 생각이 멈춘다는 걸 안 다음부터,

웃고 나서 내 생각이 바뀐다는 걸 안 다음부터,

생각이 바뀐 말이 부드러워진다는 걸 안 다음부터,

바뀐 생각과 말이 결국 나를 다시 웃게 만든다는 걸 안 다음부터,

그럴 때 만난 사람과는 함께 웃으며 즐거운 이야길 나눈다는 걸 안 다음부터는

웃음이 주는 변화의 맛이 얼마나 달콤한지,

웃음이 주는 성공의 멋이 얼마나 근사한지 난 알게 되었어.

그래서 난 더 웃고 싶어졌어.

웃음은 나를 바꾸고 내 사람을 바꾸는 정말 큰 힘을 가졌어!

눈을 감고 네가 가장 사랑하는 사람을 떠올려봐.

그리고 그 사람에 대한 감정을 빼곡하게 그려봐.

그만큼 널 사랑하고, 그 감정으로 널 대하면

세상에서 네가 가장 사랑받는 존재라는 걸 알게 될 거야,
나를 아는 순간 세상이 다르다는 걸 알게 될 거야.
나를 느끼는 순간 세상이 얼마나 아름다운지 다시 보일 거야.
나를 깨닫는 순간 세상을 보는 초능력이 생길 거야.
삶을 변화시키는 건, 바로 나 자신이야.

새들은 가장 안 좋은 날씨에 집을 짓는다는 거 알아?
건강한 바람을 피하고 폭우를 견디고
더위와 추위로부터 자신을 견디기 위해서래.
우리에게 장애물이 있다는 건,
어쩌면 우리의 삶의 근육을 단단하게 만들어주기 위해서일 거야.

싱~
슝~

우리 다 그랬잖아.
3살 때는 손에 쥔 먹을 것이 사라지면 온몸으로 울었고,
6살 때는 고무줄을 끊고 도망간 아이를 밤새 원망하고,
10살 때는 나를 흉보는 아이에게 눈을 흘기고,
15살 때는 챙겨오지 못한 준비물로 가슴이 벌렁거렸어.

그리고 이 시간이 한참 흘러,
이 모든 건 걱정이 아니었다. 웃을 수 있잖아.
이렇게 툭 지난 일을 생각하니 오늘의 걱정은
시간이 지나고 나면 또 이렇게 아무것도 아니겠지 싶어
그래서 오늘의 근심을 물처럼 씻겨 보내려고.

돌아보면 웃어도 되는 시간을 근심으로 보냈던 것 같아.
어느 한 날, 울 날이 없이 웃을 날이 참 많았을 텐데
밝은 세상을 등지고 나만 울었던 것 같아.

시간이 지나고 나면 아무것도 아니라고 느끼듯,
지금의 일도 허허 웃으며 흘려보내는 연습을 해보면 어떨까?

나이는,
먹는 게 아니라 소화하는 거야.

그 어떤 음식도 씹지 않으면 넘기지 못하잖아.
잘 씹으면 씹는 동안 맛도 느끼고 속이 편한데 씹지도 않고 꿀꺽 삼킨다면 맛은커녕 속병을 달고 살아야 할지 몰라.

한 살 한 살 먹는 게 겁이 난다는 건,
어쩌면 실수가 인정되는 나이에서 벗어나는 게 두려워서인지도 몰라.

막상 나이를 먹으면 나를 짓누르는 건 나이가 아니라 바로 나 자신이야.

'내가 10년만 젊었어도…'라고 말한다면
10년 뒤에도 나는 이 말을 똑같이 할 거야.

20대 때, 10대의 싱그러움을 그리워하고
30대 때, 20대의 열정을 열망하고,
40대 때, 10년만 젊었어도, 라는 말을 하며 30대를 아쉬워한다면,
우리가 배운 건, 삶의 멋진 계단이 아니라, 그리움일 거야.

크리스마스만 특별한 날이 아니야.
특별한 타이틀이 그날을 특별하게 만들어준 것이지
1년 365일, 다시 한번 생각해 봐봐.
1월 1일부터 12월 31일까지,
지금까지의 우리 인생 달력을 펴고 동그라미가 그려진 수를 세 봐.
그럼 우리에게 특별하지 않은 날은 단 하루도 없다는 걸

알게 될 거야.

깨달음은,
고개를 끄덕여 얻어지는 것이 아니라
머리로 들은 것이 마음을 움직이고
움직인 마음에 내 몸 전체가 따르고 있을 때
그게 진정한 깨달음이래.

변하지 않는 게 사람이라고 하지만,
깨달음이 있으면 또 변하기 쉬운 존재가 우리라 하니까
무언가 변화를 원한다면 진정으로 바라고
원하는 것에 집중해보자.

그럼 당장은 아니어도
변화의 한걸음은 뗀 거니까.

모나고 날카롭고 뾰족한
모서리도 내가 가진 모양 중 하나이고,
그건 나를 지키려고 생긴 가시인 거야.
그러니 그 가시로 나를 찔러서는 안 돼.

잃어버린 행복 박스를 찾아서

네모가 있어.

네모는 네 개의 모서리를 가지고 있어.

모서리가 없으면 네모가 아니야.

세모도 별도 제 모양의 제 모서리를 가지고 있어.

왜 꼭 동그라미만 좋아하는지 모르겠어.

세상에는 다양한 모양이 있다고 말해놓고 늘 동그라미만 최고래.

네 개의 모서리가 네모의 모양을 드러내고

세모는 세 개의 모서리가, 별은 다섯 개가,

모서리는 그 모양을 드러내고 그 모양을 지키는 울타리인 거야.

모서리를 깎아내면 네모도 세모도 별도 제 모양은 없는 거야.

잘 말아진 김밥 끝에 툭툭 삐져나온 모양이 영 이쁘지 않지만,
툭 튀어나온 김밥의 양 끝으로 잘 말아진 김밥을 빛나게 하잖아.

우리에게 모난 점은 잘 다듬어진 김밥의 자투리고
그 자투리는 어쩌면 나 자신을 지켜주고 지켜주다가 툭 떨어져 나간
힘들다고 외치는 삶의 파편일지 몰라.

김밥에서도 자투리가 맛있듯이
나의 모서리도 누군가는 매력으로 볼 수도 있어.

가장 아름다운 색깔은,
각자의 색과 색은 분명하되,
그 끝머리에 사이를 서로에게 내주어

경계를 허물고 스며들어서 만들어진 색깔이야.
서로 다른 색을 가진 우리,
너와 나의 사이에서 그런 스며듦의 자리 하나 정도는 내
준다면
우린 서로의 멋진 색깔을 세상을 물들일 수 있을 거야.

널 좋아하는 건,
내가 가진 색과 달라서야.

네가 이쁜 이유는,
네가 내 눈에 딱 들어맞는 안경이기 때문이야.

너를 좋아하는 이유는,
이 세상에 네가 단 한 명밖에 없기 때문이야.

너를 보면 내가 행복한 이유는,
내가 너에게 집중하고 있어서야.

그렇다고 너무 가까이 붙지는 말자.

식물도 서로의 거리가 있을 때 잘 자라듯이,
나와 친구의 삶의 뿌리가 엉키지 않게 간격을 두기로 하자.

관계는 너와 내가 있어야 시작하고,
향기 나는 관계는 너와 나, 둘의 노력으로 만들어지는 거잖아.

내 삶을 다 알려 줄 수 없듯이,
상대의 삶의 과정이 비어있으니,
비워진 자리를 인정해 준다면 너와 나, 서로가 왜 필요한지 알게 될 거야.

인정욕구
비질비질

지금 눈 앞에 펼쳐진 세상을 집중해서 본다면
얼마나 세상이 예쁜지 알게 될 거야.
네가 웃는다는 건,
그 순간 즐겁고 재미있기 때문이야.
누군가가 너를 보며 활짝 웃고 있다면,
그건 너와 함께 하는 지금이 너무 행복해서야.

깊은숨이 언어에 무게추를 달아 결코, 가볍게 만들지 않듯이
내리는 비 한줄기도 습도와 온도, 수증기, 중력 등,
여러 기상 조건이 맞아야 하늘에서 땅으로 내려앉듯
우리의 인연도

무수한 것들이 겹치고 겹쳐 이뤄내는 조각이라는 걸 안다면
우리는 결코 인연을 가볍게 흘려보내지 않을 거야.

인연의 조각이 너무 작다고 지나쳐버리거나 버린다면,
내 삶의 관계라는 퍼즐의 많은 조각이 비워진 채
삶이라는 그림은 완성되기는 어려워.

잃어버린 행복 박스를 찾아서

이도 저도 노력해도 안 되는

그런 날은 잠시 '휴무'

가끔 너무 열심히 살고 있다고 느낄 때
그런데 그 '열심히'라는 말이 나를 짓누를 때
잠시 멈추고 나에게 말을 걸어봐.
나를 위한 열심히 인지 타인을 향한 열심히 인지.
오늘을 위한 열심히 인지 내일을 향한 열심히 인지,
왜 열심히가 나의 웃음을 막고 주름을 그리고 있는지,

강한 힘으로 버티면 나를 헤치고
최소한의 힘을 잃으면 나를 지키지 못해.

남에게 인정받으려 나를 애쓰게 하고
작은 칭찬 하나에도 노력하는 내가 안쓰럽게 보인다면
그럴 땐 그냥 말없이
두 팔을 엇갈려 어깨에 걸고 꼬옥 안아줬으면 좋겠어.

그건,
나를 향한 연민이 나와 마주하는 순간이니까.

같은 말인데 오늘따라 그 말이 귀에 거슬린다면,
같은 걸 보는데도 그게 괜히 싫고 밉게 보인다면,
그건 마음의 문이 좁아져서야.

때로는 작은 거스러미가 툭 걸릴 때면
몸 전체가 불편하다고 느껴지듯이
마음의 문이 좁아지면
그 어떤 값비싼 보석도 빛을 잃게 되니까

그럴 때는

볕 좋은 길을 따라 햇빛 샤워도 하고
기분 좋은 커피 향으로 마음 빨래도 하고
창문 활짝 열고 선율 좋은 음악을 들으면서
그동안 쌓인 마음 쓰레기 분리수거도 하자.
나에게 여유의 시간을 조금만 준다면 난 다시금 활짝 웃을 테니까.

잃어버린 행복 박스를 찾아서

매일 걷던 그 길을 오늘은 천천히 둘러봐봐, 그것도 아주 천천히 말이야.

그럼 꽃길 속에 꽃송이가 보일 거고, 나무 속에 나뭇잎이 보일 거고,

길 위에 돌멩이들이 하나둘 다시 보일 거야.

어쩌면 우린, 너무도 바삐 걷느라 놓친 풍경들이 너무도 많은 건지도 몰라.

세상이 너무도 빨리 돌아간다고 생각이 들 땐, 혹여나 내 마음이 바빠서 그런 것인지 한 번씩 물었으면 좋겠어.

어쩌면 우린,

나를 둘러싼 세상이 빨리 돌아가는 게 아니라,
나를 둘러싼 세상을 너무도 빠르게 살고 있는지도 몰라.

세상은, 매일 같은 시간을 묵묵히 흘러갈 뿐인데 말이야.

길은 여러 갈래라서
누구는 동쪽에서 출발하는 것이 맞다 말하고,
또 어떤 누구는 남쪽에서 출발하는 게 빠르다고 말해.
그런데 그건 각자의 방법이야
그 길을 나도 가야 하는 거라면,
길을 잃어도 보고, 늦어도 보고하면서 그 길을 가보는 게 중요해.
그 길을 가야 할 사람은 바로 너니까.

누군가와 싸움을 할 때 나도 옳고 너도 옳대
그건 마주 선 사람들이 오른쪽 왼쪽이 엇갈리는 것과 같아.
누구에게나 오른쪽과 왼쪽이 같지만,
마주 서면 늘 엇갈리듯이 나도 그 사람도 자신의 경험 안에서는 다 옳은 거야.

다만, 우리가 엇갈리는 것은
우리는 서로의 삶에서 많은 과정을 건너뛰고 만나서야.
그리고 서로 맞춰간다는 건, 그 건너뛴 것을 이해하는 과정인 거야

아무리 날 위해 건네는 좋은 말이라도
내 중심이 흔들린다면, 그건 내 마음이 허락하지 않아서야.
그럴 땐 흔들리는 말보다는 흔들림 없는 내 마음의 말에 귀 기울여 봐.
당장 좋은 결과가 나오지 않는다고 해도 선택하는 나의 힘은 강해질 수 있어.

나를 알고 싶은 사람들은 내가 가진 배경을 보지 않아.
내가 살아온 삶과 그 삶을 어떻게 바라보는지를 궁금해해.
그래서 나를 알고 싶은 사람들은 나의 정면을 바라봐 줄 거야.

나는, 오른쪽도 왼쪽도 뒤에 있지 않아.
나는 언제나, 바로 네 앞에 있어.

내가 기쁘면서 남을 위하는 건, 배려가 되고
내가 버리면서 남을 위하는 건, 눈치가 되는 거야.

나는 세상에 행복하러 태어났지, 희생하기 위해 나온 것이 아니야.

Chapter 05

행복을 비우면 채워지는 10가지

내가 나를 사랑하는 것은 無, 조건!

우리는 존재만으로도 눈부시게 아름다운데, 우리의 머리 위에 강렬한 햇살이 내리쬐고 있는데 왜 우리는 자신의 존재를 사랑하는 방법에 서툴고 투박한지 모르겠습니다. 말로는 나를 사랑함에 첫 시작을 두면서도 언젠가부터 느끼고 배우고 익혀버린 '타인을 향한 의식' 때문에 우리는 나를 버리는 연습을 너무도 열심히 하지 않나 하는 생각이 듭니다.

나를 사랑하는 데에는 아무런 조건이 없습니다. 그냥 사랑하면 됩니다. 타인과의 무차별한 비교도, 나를 향한 그 어떤 비난도 나는 나에게 허락해서는 안 됩니다. 나는 나의 내면을 지킬 의무와 책임이 있는 나의 보호자입니다. 그러니 나에게 온화하고 따스한 이기적인 마음으로 나를 무조건 사랑하고 존중하고, 응원하고 격려해 주세요.

아가씨앗

부정적 시각으로 세상을 보는 것

우리는 세상을 눈으로 본다고 생각합니다. 하지만 세상은 마음으로 보는 것이라 말하고 싶습니다. 세상은 무엇을 보라고 강요하지 않은 채 그저 말없이 펼쳐져 있고, 누리고자 하는 이에게 한없이 관대할 뿐입니다.

부정적 시각은 이런 세상과 연결된 마음 시력에서 비롯됩니다. 우리의 눈도 나빠지면 안경으로 시력을 보완하듯, 마음 시력도 때때로 돌보아주어야 합니다. 왜냐하면, 시력을 포함한 체력, 청력, 근력 등의, 력(力)이 바로 힘을 뜻하잖아요. 힘을 잃은 우리가 세상을 살기 위해서는 잃어버린 나의 힘을 알아차리고 보완하고 보충해야 합니다. 그래야 말없이 펼쳐져 있는 관대한 세상을 재미있게 즐길 수 있고, 세상 속의 수많은 인연과 관계, 일, 사랑 등 나의 삶에 연결된 모든 것을 건강하고 행복하게 누릴 수 있습니다.

내 삶의 중심에 내가 아닌 타인을 두는 것

'답이 없다고 하는 인생 문제'를 왜 다른 사람의 답을 베껴 쓰려고 하는지 모르겠어요. 내가 살아보면 알 것을 나와 다르게 살아온 타인의 삶의 조각을 부러워하는 건 나를 부정하는 것이나 다름없습니다. 나도 남을 부러워하지만, 누군가도 나를 부러워할 만한 한 가지는 있어요.

반드시 해야 할 의식이 아니라면 그리 남 의식은 하지 마세요. 의식하는 동안 내 시간이 허무하게 소비되니까요. 입고 싶은 옷 입고, 하고 싶은 일 하고, 만나고 싶은 사람 만나고, 가고 싶은 곳 여행하는 게 삶인데, 하고 싶었던 걸 남 때문에 못 했다고 하면 그건 삶을 잘못 산 거나 다름없잖아요.

못 그리는 그림일지라도 목표를 세우고 그리다 보면 어느새 나를 위한 시간이 캔버스에 새겨져요. 시작이 어려워 그렇지 내가 나에게 집중하면 그 시간이 얼마나 즐거운지 알게 됩니다. SNS에 새겨진 다른 사람의 시간도 그만한 이유가 있듯이, 내 시간의 의미와 이유를 그 어디든 새겨보세요. 오직 나를 위해서, 말에요. 그럼 내 삶의 중심에 내가 있다는 것도, 내 삶이 얼마나 멋진지 알게 될 테니까요.

사랑으로
기다려주면

행복을 위해 비우고 채워야 할 10가지

나를 힘들게 하는 관계를 정리 못 하는 것

열이 나면 해열제를 먹고, 크나큰 병에 걸리면 수술을 해서 어떻게든 고치려고 하면서 나의 내면에 열이 나고 아파서 수술해야 한다는 데 왜 그걸 외면하세요? 경험도 정서도 환경도 생각도 삶의 관점도 서로 다른 이들이 엉켜 관계를 짓는다는 건 힘든 일이라는 건 압니다만 하지만 힘든 것을, 힘들게 얻었다고 해서 그것에 승부욕을 발휘하는 건 나를 아프게 하고, 아픈 나를 방치하는 것이나 다름없습니다.

그럴수록 안아주세요. 힘들어도 관계를 정리 못 하는 착

한 나를 힘이 닿는 대로 꽈악 안아주세요. 오죽하면 알면서도 그곳에서 벗어날 수 없었을까 생각해주며 위로하고 함께 아파해주세요. 내가 나를 사랑하고 내가 나를 존중해주면 혼자 있는 독방이라 해도 두렵지 않습니다. 왜냐하면, 둘이 있어 나누는 경험보다 홀로의 경험이, 시간도 시각도 자유로워지거든요.

너무 정직하게 늘 보던 데서 보지 말고 딱 한 발만 옆으로 이동해서 보세요. 나도 모르는 사이 간섭과 강요를 사랑이라고 착각했다는 걸 알게 될 거예요.

행복을 위해 비우고 채워야 할 10가지

성공이 삶이라고 생각하지 말 것

성공이라는 이름으로 인생을 시작하면 그 끝에는 실패가 기다립니다. 왜냐하면, 성공이라는 욕망은 끝이 없어서 결코 만족할 수 없거든요. 100m 달리기에서 우승자가 피니쉬 라인 외에는 볼 수 없는 것은 목표를 향해 빨리 달려야 하는 목적 때문입니다. 그러나 우리가 삶을 경주 삼아 사력을 다해 달려간다면 하나를 이루기 위해 많은 경험을 희생시킬 수밖에 없습니다.

우리는 성공에 대해서 질문하면 자신의 욕구를 억압하고 누군가와 경쟁해서 얻어낸 사회적 위치와 계급을 취하는 것으로 생각합니다. 그리고 그것으로 많은 유무형의 산물들을 얻을 수 있다고 생각합니다. 물론 그럴 수 있겠습니다만, 나를 버리고 수많은 관계와 경쟁을 통해 얻은 산물이 성공 뒤에 따른들, 나와 나눈들 기쁘겠으며, 함께 나눌 사람이 있을까, 다시금 생각하게 합니다.

성공해서 혼자 밥을 먹느니,
적당히 살면서 밥 한 끼를 함께 나눌 사람이 있다는 게 더 행복하지 않나요?

세상에 피어나

나를 위한 시간을 주지 않는 것

혼자만의 시간을 갖지 못한 예술가는 또 다른 나인, 작품과 만날 수 없고 나를 위한 시간이 훼손되면 세상과 소통할 수도 연결할 수도 없습니다. 꼭 예술가가 아니더라도 일상을 사는 우리도 혼자만의 시간은 필요합니다. 왜냐하면, 독립에 성공하지 못한 대부분의 사람은 함께 있는 방법에 서툴며, 그 서툰 사람들이 타인의 삶을 간섭하면서 자신의 존재를 불건강하게 확인하기 때문입니다.

바꿔 말하면, 나를 위한 시간이 행복에 유리한 것은, 문득 외로워질 때 혼자 있던 시간이 나를 위로하고 나를 성장

시켜 줄 수 있으며, 나도 모르게 타인을 간섭하게 만들지도, 그 간섭으로 내 삶의 중심을 타인에게 내주는 일도 만들지 않는다는 겁니다.

나를 위한 시간은 결국,
나를 사랑하고 타인을 배려하는 시간이기도 합니다.

향기를 뿜어낸대

나의 삶을 후회로 물들이지 말 것

후회로만 물든 삶은 과거에 갇혀버려 현재를 멈추게 하고 미래를 막아 세웁니다. 물론 모든 사람은 크고 작은 후회를 하면서 살아가며, 후회를 적절히만 사용한다면 반성과 성찰의 시간을 거쳐 성장을 도모하는 순기능도 있습니다. 다만 후회가 나를 향한 비난이 되거나 앞으로 나아가는 나의 발목을 잡아서는 안 된다는 말을 꼭 하고 싶습니다.

다소 허술하고 불안한 내가 나를 지키려고 한 나름의 최선을, 뒤늦게 나타난 후회 속으로 밀어 넣지 마세요. 그럼, 나에게는 그 어떤 지혜도 현명함도 채울 공간이 사라집니다.

앞으로 나가는 사람은 후회를 반전시키는 능력이 있는 사람이고, 뒤로 퇴보하는 사람은 후회가 만든 쓰나미에 휩쓸려 떠내려가는 사람이니 후회라는 녀석의 쏟아내는 손가락질에 절대 고개 숙이지도 물들지도 마시길 당부드립니다.

잊지마 너는 이 세상에서

행복을 위해 비우고 채워야 할 10가지

걱정과 두려움을 가불하지 말 것

걱정과 두려움은 과거를 후회로 물들게 하고, 지금을 무의미하게 하며, 내일의 살아갈 힘을 잃게 합니다. 누구나 앞을 알 수 없기에 두렵습니다. 그러나 엉킨 실타래를 푸는 방법이 엉킨 부분을 자르고 다시 감는 것이듯, 후회되는 과거는 잘라내고 두려운 미래는 차단하며 오늘에 집중해서 산다면 새롭게 출발하는 과거와 현재, 미래는 달라집니다.

너무도 당연한 말을 하자면 과거와 미래는 현재에 달려있습니다. 현재가 즐거우면 과거는 추억으로 쌓이고 미래는 기대로 꽉 찹니다. 내 이야기의 문장 끝을 느낌표로 채우는 것은 바로 나이기에 나의 오늘을 느낌표로 바꾸는 연습이 필요합니다.

가장 예쁜 꽃이야

소소하게 하고 싶은 것을 스스로 억압하는 것

새로운 도전을 할 때면 돈과 연결하는 분들이 많이 계십니다. 그러나 돈이 없이도 삶을 즐기는 방법도 많고, 도전할 수 있는 영역도 아주 많아요. 요즘은 돈 없이도 누구에게나 개방되는 공공건물이나 복합공간도 많아서 마음만 먹으면 좁은 방을 탈출해서 크고 넓은 공간으로 이동할 수도 있고, 배움에 대한 복지혜택도 많아서 하고자 하는 마음만 있으면 얼마든지 가능합니다.

욕심에 소박한 나에게 하고 싶은 것을 억압하는 건, 내가 누릴 수 있는 일말의 행복을 뺏는 것이나 다름없고 나를 돈벌이 기계로 전락시키는 거예요. 혹여라도 시간과 비용을 핑계 삼아 용기 없음을 감추려는 것은 아닌지 다시 한번 생각해보고 그게 아니라면 다양한 것에 도전해 보세요.

진정으로 하고 싶었던 일을 하고자 한다면 그건 커다란 용기가 필요하지 않을뿐더러 하고 나면 내 삶이 훨씬 풍요로워짐이 느껴지실 거예요.

특별한 날을 기다리지 말 것

방바닥에,

태어나서 지금까지의 달력을 좌악 펴고 한번 보세요. 나와 가족들의 생일, 부모님 결혼기념일, 친한 친구의 생일, 애인과의 첫 데이트, 결혼, 임신, 첫아이 첫돌 등 이렇게 저렇게 쳐진 빨간 동그라미가 공휴일보다 많고, 일기 속에는 하루하루마다 무언가 무수한 일들이 있었을 겁니다. 우리는 사는 게 똑같다고 하지만 똑같은 하루는 단 한 번도 없었습니다. 하루가 똑같아서 다람쥐 쳇바퀴 도는 것 같다고 말하는 건, 시간과 공간뿐, 그 어떤 날도 비슷하지도 않습니다.

특별한 날을 기다리는 우리에게 특별한 날을 먼저 선물해보세요. 가족이어도 좋고 친구, 지인, 일 년 전에 연락이 끊긴 누구라도 좋습니다. 갑자기 툭하고 찾아가 커피 한 잔을 마셔도 좋고, 꽃 한 송이 내밀며 드라마 주인공처럼 멋진 멘트도 해보고, 소원했던 지인과 묵힌 수다도 떨어보고 반가운 '불쑥 이벤트'로 나에게도 상대에게도 특별한 날을 선물해보세요.

상대의 웃는 표정에서 오늘이 특별한 날이라는 걸 알게 될 거예요.

Epilogue

이 글은 나를 둘러싼 환경, 상황, 그리고 자기 경험과 연결된 수많은 감정을 알아차리고 결국에는 행복으로 가기를 원하는 바탕 마음에서 출발과 끝을 맺었다. 그러기에 특별한 목차도 기준도 없이 머릿속에 떠오르는 대로 스치고 만나고 찾았던 마음 방법 몇 가지와, 결국에는 행복해지는 것을 목표로 마음을 어떻게 가질 것인가를 적어놓은 글이다.

내가 생각하는 행복은 시간도 공간도 구별도 메뉴얼도 없다. 설혹 있다 해도 나는 여전히 모른다. 다만 내가 생각하는 나의 행복 기준은, 바로, '나 자신'이라는 것밖에는. 그러니 이 글의 어딘가에 작은 점하나가 독자와 연결된다면, 그 점을 중심으로 '온몸으로 웃을 수 있는' 자신만의 행복을 기억하고 찾아가길 바란다.

내가 비로소 찾은 '까꿍이'처럼.

written by
nine